W0283875

mitteldeutscher verlag

Ricoh Gerbl

Leben im Luxus

Erzählungen

mitteldeutscher verlag

Inhalt

Rien ne va plus

Conny will sich setzen. Auf das Bett, die weiße Bettwäsche, ihre Beine schmerzen. Conny stellt ihre auseinanderfallende Umhängetasche auf den Boden und passt sich in die dort gerade frei gewordene Lücke ein. Der Mann, der jetzt neben ihr sitzt, macht ihr ein Kompliment über ihre ausgefallenen Schuhe und fragt, wo sie sie gekauft habe. Sie sieht auf seinen Mund. Um den Mund herum ist seine Haut vernarbt, kleine Dellen von Aknenarben. Er finde in dieser Stadt nie ordentliche Schuhe, London, sagt er, sei da schon besser. Sein Haar ist schütter und nach hinten gekämmt, der Kragen seiner mit Strickstoff besetzten Cordjacke ist hochgeklappt und stößt an seine großen roten Ohren an.

Conny stellt ihr Weinglas auf den Boden, zwischen ihre Füße, so, dass keiner in dem überfüllten Designerladen es umwerfen kann und aus Versehen Rotwein in ihre Tasche läuft. Conny denkt, dass in seinen Augen etwas Freches, Schelmisches liegt, das sonst an seinem Körper von nichts wieder aufgenommen wird. Seine Schultern sind weit nach vorne gebeugt, in schlechte Haltung hineinmanövriert.

Schwierige Kindheit, Alkohol, Drogen, denkt Conny, und erzählt ihm die Geschichte, wie sie zu den Schuhen gekommen ist. Er lacht, als sie mit ihrer Geschichte zu Ende kommt. Conny schaut von der Seite in seinen geöffneten Mund. Er hat kleine Zähne, Mausezähne, die an den Übergängen schon braune Stellen aufweisen. Er wiederholt die letzten Worte, die sie gesagt hat, und lacht nochmals. Das Lachen, denkt Conny, bewirkt eine Körperanspannung, die strafft und ihn aufblühen lässt. Ohne Lachen sieht man seine schlaffe Haut am Hals und im Ausschnitt des offenen Hemdes rötliche Sommersprossen. Männer, die dünn sind, die drahtig sind, hat sie immer gedacht, haben keine schlaffe Haut, können gar keine schlaffe Haut haben, nicht, wenn sie noch nicht über vierzig sind. Sie hat sich getäuscht. Seine Haut ist lose, seine Haut kann man bestimmt am Rücken wegziehen, wenn man sie zwischen Daumen und Zeigefinger nimmt, einfach wegziehen, wie man Kleidungsstoff im Sommer wegzieht, wenn er durch den Schweiß am Körper festklebt.

Lenz kommt herüber, beugt sich zu Conny hinunter, begrüßt sie mit *Hallo Flocke* und fragt, ob sie sein Regal schon bewundert hat. Conny nickt. Lenz wird von hinten an die Schulter gefasst und wendet sich von Conny ab.

Der Bettnachbar fragt Conny, was sie denn heute so gemacht habe, bevor sie hierhergekommen sei. Sie sagt, ich bin in meine Küche gegangen, wo ich wieder nicht gewusst habe, was ich dort tun soll. Ich bin einfach in die Küche gegangen, um zur Abwechslung wieder einmal in die Küche zu gehen. Ich hatte mir vorher im Bad noch die Hände eingecremt und mich dann auf den Weg in die Küche gemacht.

Die Schultern habe ich dabei hängen lassen, weil ich mir nichts davon erhoffte.

Sie wusste ja, dass, wenn sie in der Küche ankam, sie dort nichts überraschen würde. Sie würde dort nichts und niemanden auf frischer Tat ertappen. Kein Überraschungsgast würde dort sitzen, wie in den Late-Night-Fernsehshows, auch nicht ihr Bruder. Kein Herbert, der einfach mal über die Dachrinne in die Küche geklettert wäre, um ihr zur Abwechslung mal so Hallo zu sagen.

Sie hatte sich auch nicht dazu hergegeben, sich dort von etwas überraschen zu lassen, wie von der weich gezeichneten Farbigkeit eines Apfels, den sich immer weiter ausbreitenden Wasserschadenflecken an der Wand, der immer noch nicht aufgeräumten Ablagefläche, von dem nicht aufhörenden, durch das Fenster eindringenden Geräusch, das mietrechtlich gesehen zur Nachbarwohnung gehört, und am allerwenigsten hatte sie sich dort von ihrem Verhalten überraschen lassen.

Conny nimmt den letzten Schluck Wein und sagt, ich wünschte mir, dass jemand, einfach so mal, an der Tür klingeln würde. Aber es hat nicht geklingelt.

Er bietet ihr eine Zigarette an und sagt, bei ihm würde es meistens einmal am Tag an der Tür klingeln. Unter der Woche auch öfter. Wenn er an der Gegensprechanlage nachfrage, sei aber immer jemand dran, der nichts sagte. Das könne natürlich auch daran liegen, dass jemand schon vor ihm dort war, noch bevor er am Türöffner ist. Ehrlich gesagt, sagt er, und nimmt einen weiteren Schluck Bier, sei er noch nie an der weißen Plastikapparatur gewesen, bevor die Person nicht schon hereingelassen worden war, so dass er auch mal eine Antwort hätte bekommen können, auf seine Frage: Wer da!

Seit Jahren, erzählt er, gebe es bei ihm im Haus Leute, die schneller an ihrer Gegensprechanlage seien als er. Wahrscheinlich sind sie auch schneller am Fensterputzen, schneller beim Parkplatzfinden und schneller beim Sparen.

Bestimmt, sagt Conny, sind das nur Personen, die Reklamezettel in die Briefkästen hineinverteilen. Sie hineinstopfend den Blechkästen einverleiben. Oder einfach einen ganzen Stapel davon auf den Boden schmeißen.

Trotzdem, sagt er, frage ich mich manchmal, ob ich nicht gleich die Treppen hinunterstürzen und nachsehen soll, was genau da unten passiert. Aber da ich im vierten Stock wohne, ist mir das dann doch wieder zu umständlich.

Die Klingler, sagt Conny, drücken bestimmt absichtlich die obersten Klingelschilder, gerade deswegen, damit dann niemand herunterkommt und nachsieht, was sie da treiben.

Vielleicht, sagt er, und ich will es auch nicht wirklich wissen. Es interessiert mich überhaupt so wenig. Außer – er hebt seine leere Bierflasche hoch und bietet an, auch ihr noch ein Glas Rotwein zu holen.

Conny nickt. Der Nachbarbettsitzer amüsiert sie. Er steht auf und bittet sie, ihm den Platz neben ihr freizuhalten.

Als er zurück ist, fragt er, ob sie sich wieder treffen können. Conny hat kein Verlangen, ihn anzufassen, und stimmt zu. Sie trinkt Rotwein in großen Schlucken und spürt immer noch den Schmerz in ihren Beinen. Nun lachen sie beide über eine Geschichte, die er erzählt. Schleim löst sich beim Lachhusten in Connys Bronchien, sie schluckt ihn hinunter. Ihr ist warm. Sie stellt das Weinglas auf den Boden, schlüpft aus dem Ärmel ihrer grauen, dicht gewebten Wolljacke. Er hilft ihr dabei. Sie legt die Jacke über ihre Knie, schiebt ihren Pullover hoch, über die Unterarme hoch, legt die Unterarme auf dem kleinen Jackenpaket ab. Er sieht auf die weiße Haut ihres Unterarms, hält kurz den Atem an, blickt weg, nimmt einen Schluck Bier aus der Flasche, ascht auf den Boden, beugt sich zu ihr und küsst die Stelle an ihrem Unterarm, an der sich am Ellenbogen durch das Abwinkeln des Arms eine Falte, ein Spalt bildet, und schaut ihr gleich danach in die Augen. Er sieht, wie ihre Augen in seinen Augen von einem Auge zum anderen Auge wandern.

Er schluckt. Gut, sagt er, ich wische ihn wieder weg. Er tut nichts weiter, außer ihrem Blick standzuhalten. Connys Augen wandern immer noch von seinem einen Auge zum anderen. Er wartet. Connys Augen weiten sich. Er zieht ein Stück dunkelblauen Seemannspullover unter seiner Cordjacke hervor, stülpt das Stück Wolle über den Finger und wischt die Stelle an Connys Unterarm kreisförmig ab.

Conny ist froh, dass sie nicht seine Finger auf ihrer Haut spüren muss, dass der Stoff dazwischen ist.

Er sagt: Jetzt ist er wieder weg. Oder so etwas wie: Er ist schon wieder weg. Conny lacht nicht, schweigt, steht auf, bleibt vor ihm stehen, bückt sich, hebt ihre auseinanderfallende Umhängetasche auf, ihr Glas Wein, schaut ihn an. Er legt verlegen die Hände, die langen Finger ineinander. Conny spürt, wie langsam, ganz, ganz langsam in ihrem Körper Verlangen hochkriecht, emporkriecht, sich ausgräbt, sich hervorbuddelt. Es buddelt und buddelt. Es strengt sich an, beim Buddeln.

Kommt jetzt wieder einmal etwas anderes hervor als nur das, was jeden Tag aus der Einkaufstüte auf den Tisch kommt?, fragt sich Conny und denkt: Morgen werde ich das Einkaufen mal vernachlässigen, als sie ihre Hand ausstreckt, seine schüttelt und sagt, sie müsse jetzt weiter.

Wieder einen Job machen

Herbert kennt nur sie hier, und den Weg zu Fuß ins Stadtzentrum.

Das Institut mal ausgenommen.

Sie ist Herberts neue Nachbarin, die ein, zwei, drei Häuser weiter wohnt, auf der anderen Seite des großen Parkplatzes, in einer der Blockwohnungen der Drillingstowers. Sie ist es auch, die Herbert hier aufgesperrt hat, ihm zwei Schlüssel, zwei lose Schlüssel überreicht und ihm, nach einem Blick auf das Telefon, auf das Papier in der Mitte der Wählscheibe des Telefons, auf einen kleinen, quadratischen, vergilbten Zettel die Nummer der Feuerwehr geschrieben hat, die sie erst in ihrem Filofile nachschlagen musste. Die der Polizei fand sie dort nicht.

Herbert zieht seine Tasche zu sich auf den Schoß und denkt: Wird sie mich heute anrufen? Außer ihr hat noch niemand die Telefonnummer von hier. Niemand von den Menschen, die ich zu Hause kenne.

Er stellt sich diese Frage immer wieder. Immer wieder ohne Zuwachs von Dringlichkeit. Unaufgeregt. So unaufgeregt wie das Laufen von Wasser aus dem Wasserhahn, beim morgendlichen Rasieren.

Herbert zieht eine Informationsbroschüre aus der Tasche, klappt sie auf, blättert.

Das neue Gebäude hat viele Treppen. Schon zum horizontal daliegenden Bau hin diese vielen Stufen, damit der Betonklotz größer erscheint, abgehoben von den anderen architektonischen Darbietungen, und innen gibt es dann auch noch Unmengen von Treppen, damit das Haus als Institution wichtig erscheinen kann. Und es erscheint wichtig, denkt Herbert. Durch die vielen Stufen liegen die einzelnen Räume unberührbar weit weg. Zu den Türen wird eine Distanz erzeugt, die erst mal überwunden werden muss. Nur gut, dass sich beim Treppensteigen schon lange ein Mitdenken erübrigt, das Denken von: Ah, da ist schon wieder die nächste Stufe, also Bein hochheben, und zwar das rechte, das linke war gerade dran.

Herberts Nase läuft. Herberts Nase läuft schon wieder. Im Raum ist es so kalt, dass Herbert es nicht vermeiden kann, dass ihm immer wieder die Nase läuft. Obwohl Sommer ist. Zwölf Fenster. Alle haben Fenstergriffe, dennoch kann keines geöffnet werden. Nur das Nötigste, die Tür, die Eingangstür, die auch aus Glas ist, lässt sich aufsperren.

Herbert zieht die nach unten drängende Flüssigkeit in die Nasenkammern und denkt: Auch mit meiner Körperwärme könnte ich den Raum nicht wärmer machen. Und auch nicht trockener. Und selbst wenn ich meinen Körper über Stunden gegen diese feuchten Wände pressen würde, wie ich ihn manchmal gegen Resa presse – oder Resa wiederum als Kind, wie sie mir erzählte, Seiten eines schweren Buches über Stunden gegen einen Käfer presste, damit er da blieb und damit ihm dabei nicht kalt war –, würde es mir hier nicht gelingen, die Kälte aus den Wänden zu pressen, nicht so gelingen, wie es den Seiten eines schweren Buches gelingt, das Feuchte eines Käfers herauszupressen, und mir es bei Resa gelingt, ihre Kälte, bedingt durch ihre schlechte Durchblutung, herauszupressen.

Herbert klappt die Informationsbroschüre zu, wirft sie auf den Sofatisch, sie schlittert ein paar Zentimeter auf dem lackierten Holz entlang.

Herbert sitzt auf einer Polyacryldecke, auf einer Polyacryldecke, die als Bezugsschoner für das Kanapee dient. Der Deckenbezug ist faltenlos zwischen Lehne und Wand eingeklemmt und trägt den Aufdruck einer Gebirgskette mit untergehender Sonne. Herbert reißt sich einen Teil der Decke heraus, legt sich ein paar Felsmassive über seine Oberschenkel, den rechten Arm auf die Sofarückenlehne, die Beine auf den Beistelltisch und überlegt, wie er seine neue Nachbarin findet.

Sie ist eine verschlossene Person, denkt Herbert. Sie ist ein wenig so wie diese Fenster, durchsichtig, aber verschlossen.

Ich und meine Feststellungen, denkt Herbert. Resa würde sagen: Das hat wahrscheinlich rein gar nichts mit ihrem Wesen zu tun, wenn du denkst, dass sie verschlossen ist. Das hat wahrscheinlich nur an der Sprache gelegen, die sie wegen dir sprechen musste. Wahrscheinlich hat ihr das nicht behagt, dass sie nur auf Englisch mit dir sprechen kann. Resa würde sogar so weit gehen, zu behaupten, denkt Herbert, dass das Englischsprechen ihr nur bei mir so schwerfällt. Wahrscheinlich, würde Resa sagen, hast du ihr kein Gefühl von Sicherheit vermittelt und deswegen konnte sie nicht ganz entspannt Englisch, also das Englisch, das sie kann, mit dir sprechen.

Liegt es an mir?, fragt sich Herbert. Soll ich das Gedachte etwas entschärfen? Herbert beschließt, noch etwas Nettes über die Nachbarin zu denken, und denkt, sie ist nett.

Wieder fällt ihm Resa ein, die sagen würde, das gilt nicht, wenn du es nicht begründen kannst. Herbert begründet es, wegen Resa. Also, denkt Herbert, sie weiß, dass ich hier, außer ihr, sonst niemanden kenne, und wie ausgesprochen nett ist das denn, wenn sie sich dann Ausländern gegenüber so höflich verhält, aus reiner Gastfreundschaft so höflich verhält, dass sie, obwohl sie wegen ihres Jobs jeden Tag, und auch am Wochenende, so viel zu tun hat, sich dann trotzdem fast jeden Tag Zeit nimmt, um mich mit der Stadt, dem Land und den Leuten bekannt zu machen.

Das war jetzt nett genug, denkt Herbert. Für zwei Tage nett genug. Doch wieder hört er Resa, wie sie einen Teil dessen, was er gesagt hat, wiederholt und sagt: Ja, aus reiner Gastfreundschaft, du unterschätzt mal wieder deine Anziehungskraft auf Frauen. Herbert atmet extra tief ein und beobachtet dabei, wie sich sein Brustkorb hebt, augenfällig in Erscheinung tritt.

Herbert greift nach einer Dose Bier, die er schon vor längerer Zeit dort hingestellt hat, zum Aufwärmen. Die Dose trägt einen Namen, der Herbert nichts sagt und den er nicht aussprechen kann, er weiß nicht, welche Buchstaben davon er in Sch-Laute umsetzen muss. Er weiß aber, dass er, wenn seine neue Nachbarin ihn anrufen und fragen würde, ob er mit ihr ausgehen wolle, ja sagen würde, und dass er nicht so weit gehen würde, sie anzurufen, um sie dasselbe zu fragen.

Herbert weiß auch, dass, falls sie anruft, ihr Anruf schnell vorbeigehen wird, schneller, als das Heute vorbeigeht. Ihr Anruf wäre wie ein Zug, der in eine Landschaft hineinfährt und wieder aus einer Landschaft herausfährt, aus einer weiter bestehen bleibenden Landschaft. Die Landschaft ist länger dran als das Durchfahren.

Die Landschaft, in die der Anruf hineinfährt, wäre ich, denkt Herbert, ich, der länger dauert als der Anruf, der durch mich hindurchfährt.

Herbert öffnet die Dose, legt den abgezogenen Ring mit der Metalllasche in den leeren Aschenbecher, will den Mund zur Dose führen, durch das Nachvornebeugen des Kopfes klatscht ein Nasentropfen auf die Dose. Herbert wischt den Nasentropfen weg, nimmt einen Schluck, stellt das Bier ab und greift nach dem gegen die Armlehne gelehnten Sofakissen, legt es in seinen Schoß, knetet das Kissen, knetet es mit beiden Händen. Knetet es so, als hätte ihn Resa gebeten, ihre Rückenverspannungen zu lösen.

Herbert schaut aus dem Fenster.

Würden die Bäume erst ab dem zweiten oder dritten Stockwerk anfangen zu wachsen, wäre es schöner hier, denkt Herbert. Wegen ihnen können die Sonnenstrahlen nicht hereinfallen und deswegen bleibt es hier drinnen so kalt, muffig, feucht und duster. So duster, dass ich wegen ihnen die Neonbeleuchtung eingeschaltet lassen muss und auch tagsüber meine Schlafanzugshose, unter meiner Tageshose, trage.

Herbert greift nach der Dose Bier auf dem kleinen Tisch, der seitlich vom Sofa steht, der unten eine Ablage mit Bildbänden hat und oben eine Leselampe. Herbert nimmt einen Schluck und lässt anschließend das Bier in der Dose gegen das Blech klatschen. Er hofft, dass dadurch ein bisschen Schaum entsteht und das Bier dann etwas besser schmeckt.

Das Sofa

Conny sitzt auf ihrem Küchenstuhl, der links etwas nach unten abhängt, eine Schweißnaht ist gebrochen, wie oder durch wen ist Conny immer noch ein Rätsel, und schaut, an ihrem vorletzten freien Tag, bei einem Glas Leitungswasser die Fernsehzeitung durch.

Conny schaut nach, ob sie etwas verpasst, wenn sie keinen Fernseher hat. Sie betrachtet auf jeder Seite die farbigen Fotos und blättert, wenn sie die klein gedruckten Zusammenfassungen der Spielfilme oder Dokumentarfilme gelesen hat, weiter. Das Rascheln beim Umblättern lässt sie an die Frau denken, die an den Mann denkt.

Wissen sie, hat die Frau zu Conny gesagt, ich atme falsch, den ganzen Tag atme ich flach und wie gegen eine Wand hin, anstelle in mich hinein. Ich meine, ich atme schon in mich hinein, aber es ist, als ginge es dann nicht weiter, als wäre da, ab einem bestimmten Punkt, eine Wand, und ich kann doch nicht in meinen Körper hinein und der Atmung einen Schubs geben, wie soll ich denn – ich kann ihr doch nicht sagen: Los, jetzt mach mal weiter.

Vielleicht ist das auch wegen diesem Mann. Bestimmt ist es wegen ihm. Er ist zu viel in meinem Kopf. Viel zu viel.

Sie erzählte, dass dieser Mann sehr nett zu ihr sei, dass sie sich bei ihm entspanne, weil sie sich bei ihm wohlfühle, und dass sie ihn deshalb gerne wiedersähe. Und wie gerne sie doch das Gefühl hätte, einen Mann wiedersehen zu wollen, immer wieder wiedersehen zu wollen. Doch wenn ich ehrlich bin, ließ sie Conny wissen, ich weiß nicht genau warum, hätte ich dieses Gefühl lieber für einen anderen Mann. Bei einem anderen Mann wäre mir dasselbe Gefühl lieber, auch wenn ich nun einen Mann habe, bei dem ich das Gefühl, das ich so gerne habe, schon habe.

Stellen Sie sich vor, sagte sie, wenn er mich anruft, fragt er gleich, wie es mir geht, und wenn ich sage, gut, aber ich bin gerade etwas hungrig, sagt er, komm doch zu mir, ich koche dir was Leckeres. Und dann fahre ich zu ihm, mit dem Fahrrad oder mit der Bahn, je nach Wetterlage, und er kocht dann schöne Sachen, sogar mit Salat.

Ich esse viel, sagte die Frau zu Conny.

Ich glaube, er würde mir nach dem Essen gerne ein Sofa anbieten, aber er hat kein Sofa. Deshalb gehen wir manchmal vom Küchentisch weg, raus auf die Straße, gehen spazieren in der Nacht. Komm, lass uns noch spazieren gehen, sagt er, und dann besuchen wir die Bäume und zählen die verschiedenen Hunderassen auf.

Sie glaubt, er würde mit ihr auch vom Küchentisch aus ins Bett gehen, von ihm aus gesehen wäre ihm das ganz recht, aber von ihr aus gesehen käme ihm der Übergang dann doch zu hart vor, für eine Frau, die er achte, das sage er manchmal, dass sie eine Frau sei, die er achte.

Sie spüre das, hat sie gesagt, dass ihm nach dem Küchentisch das Bett anzubieten einfach zu schwer falle, dass ein Sofa ihm viel angebrachter erscheinen würde.

Für ihn sei das in Ordnung, dass sie eine ältere Frau, eine mittelalte Frau sei, die unter der Hose Kniestrümpfe trägt, im Winter, und im Sommer zum Rock Feinstrümpfe. Er trägt im Bett Socken und hat viele Haare, sagte sie, und er ist froh, wenn ich ruhig bin. Er mag keine Frauen, die viel reden. Aber, ließ sie Conny wissen, ich kann nicht immer ruhig sein.

Ich glaube, es ist wegen ihm, dass sich meine Atmung schräg in meinen Körper reinhängt. Wenn ich bei ihm bin, sagte sie, nicht immer, aber manchmal, dann hängt die Atmung fest, an einer ungünstigen Stelle, und dann habe ich Angst, dass sie ganz abstürzen könnte.

Da lebe ich nun allein, seit so vielen Jahren schon alleine, und habe mir höchstens ab und zu gedacht, der Rest, wie ein Mann, wird sich auch noch finden. Und dann findet sich einer, sogar einer, der kocht und lustige Dinge sagt, und dann stellt sich mir immer wieder die Atmung quer. Und wenn die sich nicht lockert, nicht in kürzester Zeit wieder lockert, dann stürzen mir auch noch meine Gedanken ab.

Heute seufze ich schon den ganzen Tag, den ganzen Tag schon, weil der Mann –, sagte sie, brach den Satz ab und sagte, ich muss jetzt wirklich aufhören, ich hab noch nicht gepackt und um sieben geht schon der Zug.

Ja, ist gut, sagte Conny, ich springe dann morgen früh für Sie ein, Frau Stelzer.

Das ist aber wirklich sehr nett von Ihnen, sagte die Frau und legte auf.

Wieder einen Job machen (2)

Herberts neue Nachbarin bremst.

Die Rücktür auf der Beifahrerseite wird aufgemacht. Herberts neue Nachbarin, ihre Freundin und Herbert drehen den Kopf zur Tür, ein Mädchen, ein etwa 15 Jahre altes, nasengepiercte Mädchen, sagt den Namen einer Stadt, sagt nur den Namen einer Stadt, der einzigen Stadt, die Herbert in diesem Land auch kennt.

Sie schaut sich um. Herberts neue Nachbarin, ihre Freundin und Herbert drehen den Kopf weiter nach hinten, sehen durch die Heckscheibe einen alten Mann, der Richtung Auto gehumpelt kommt. Er stützt sich auf seinem Stock ab, um beim Gehen nicht das Gleichgewicht zu verlieren. Herberts neue Nachbarin fragt das Mädchen, ob der auch mitwolle. Das Mädchen wird rot, schüttelt den Kopf, steigt ein und zieht die Tür hinter sich zu. Herbert sieht, wie die weiten braunen Cordhosen des alten Mannes beim Gehen, dünne, sehr dünne Beine erkennen lassen. Herberts neue Nachbarin gibt Gas, das tief liegende schwarze Auto braust los, der alte Mann bleibt stehen, hebt den Stock, fuchtelt mit dem Stock aufgebracht in der

Luft herum, in einer kleinen Staubwolke, Waldwegstaubwolke stehend.

Warum, denkt Herbert, will niemand wissen, interessiert sich niemand dafür, warum er zum Auto gehumpelt kam. Ist er ein Verwandter des Mädchens, der ihr das In-die-Stadt-Fahren verbieten will, oder sie dorthin begleiten, oder einfach jemand von hier, der auch in die Stadt will, zum Markt oder in die Kirche oder einfach nur bis zur nächsten Kreuzung? Bin ich jetzt Zeuge von einer stillschweigenden Frauensolidarität?, fragt sich Herbert. Es reicht, es reicht völlig, dass das Mädchen keine Antwort gibt. Die Rücktür ist zu und das reicht, um Gas geben zu können. Herbert fragt seine neue Nachbarin auf Englisch, ob der Mann zu dem jungen Mädchen gehört habe. Herberts neue Nachbarin zieht die Schultern hoch und schaltet in den nächsthöheren Gang.

Das Auto biegt nach links ab, auf eine asphaltierte Landstraße, zweispurig. Das tief liegende schwarze Auto wirkt wie aus einem Nouvelle-Vague-Film. Aus einem Nouvelle-Vague-Film herausgerissen und grundlos hierher verfrachtet. Auch der Kurzhaarschnitt der Fahrerin, denkt Herbert.

Ihre Hände liegen ruhig und gelassen auf dem Steuer. Die langen Nägel sind tiefschwarz lackiert. Herbert vermutet, dass sie die Nägel nicht lackiert, weil sie gepflegt erscheinen will. Er vermutet weiter, dass sie die Nägel auch nicht so lackieren will, wie die Frauen, die hier in Supermärkten oder Drogerien an den Kassen sitzen und die sich ihre Nägel lackieren, weil sie jung sind und bunt sein wollen, wenn sie ausgehen, und weil es eine passende Mode dazu gibt. Aber warum seine neue Nachbarin ihre Nägel so lackiert, so anders, kann er nicht sagen. Er findet, dass das nicht zu ihr passt, wie er auch findet, dass das Auto nicht zu ihr passt. Es wirkt auf ihn wie ein geliehenes Auto, ein geliehenes Auto wie ein geliehener Traum, der da ist, weil etwas anderes nicht da ist.

Brachliegende Potenz, denkt Herbert, Verführung, Träume von schneller Verführung oder schneller Verführbarkeit. In den Filmen werden die Autos benutzt, die Frauen mit solchen Kurzhaarschnitten begehrt. Und hier?

Herbert weiß, dass sie mit dem Auto noch nicht mal zur Arbeit fährt, sie arbeitet zu Hause. Er weiß auch, dass sie mit dem Auto meistens nur vierhundert Meter fährt, um Zigaretten zu holen. Und dass sie mit dem Rauchen angefangen hat, um wenigstens ab und zu mit dem Auto zu fahren. Überhaupt, denkt Herbert, liegt in dieser Stadt alles so nahe beieinander, dass man höchstens einmal drei oder vier Minuten mit dem Auto unterwegs ist. Außer man springt aus dem Fenster.

Herbert findet die Landschaft nicht besonders schön und schaut zu dem Mädchen hinüber. Das Mädchen hat sich nicht nach dem alten Mann umgedreht und sich auch nicht von ihm verabschiedet. Dabei, denkt Herbert, müssen sie beide da schon eine Zeit lang auf derselben Seite der Straße gestanden haben, mit einem Abstand von weniger als einem Meter. Und ihn haben wir nicht mitgenommen, einfach nicht mitgenommen, ihn nicht.

Das Mädchen sitzt ruhig neben Herbert auf dem Rücksitz. Ihr modisch geschnittenes, halblanges Haar liegt gelgebunden hinter den Ohren, die fünf Ohrstecker tragen, und weiter davor der runde glossy Mund.

Die ganze Zeit über hat sie nichts gesagt, nicht einmal ihre Nase hat etwas gezittert, um Witterung aufzunehmen, was sie Herbert sympathisch gemacht hätte. Auch jetzt starrt sie, ihre Stupsnase weiterhin unbewegt, nur stur auf die Kopflehne vom Vordersitz, nicht nach links, wo Herbert sitzt, nicht nach rechts aus dem Fenster, in die bewachsenen, landwirtschaftlich bebauten Felder, nur auf das Schwarz der Kopfstütze ein paar Zentimeter vor ihrer Hasennase.

Manche Frauen, denkt Herbert, würde ich gerne als Frau schlagen, bei anderen bliebe ich lieber ein Mann, und bei wieder anderen würde ich wollen, dass sie Männer sind, damit ich sie als Mann schlagen kann. Aber noch nie wollte ich, dass Frauen Männer sind und ich eine Frau, damit ich sie als Frau schlagen könnte. Und diese möchte ich als Mann schlagen, einfach so, wie ich neben ihr sitze, ihr eine reinhauen ins Gesicht, auf die Backen, nicht, damit dann der Mund aufgeht, wie bei einem Nussknacker, dessen Kiefer sich verklemmt hat, ich möchte ihr auf die Backen schlagen, damit der Mund zu bleibt, damit ich weiter schlagen kann, bis ich erschöpft bin und weggehen kann. Bei ihr könnte ich sicher sein, dass der Mund zu bleibt, auch während ich schlage, ich möchte gar nicht wissen, was sie zurückhält, kein Wort will ich hören, trotzdem, denkt Herbert, will ich sie schlagen, damit ich etwas höre, zumindest ihre Haut höre, das Klatschen auf ihrer Haut.

Jetzt muss Herbert an Resa denken, daran denken, dass Resa die Töne, die Hauttöne, beim Aufeinanderklatschen ihrer beiden Körper immer so unangenehm sind, dass Resa dann immer wieder sagt, das nächste Mal nehme ich aber Ohropax, ich versprech's dir.

Junger Gummistiefel

Heute hat der Vorhang vor der Abstellkammer am Ende des Flurs an einer Stelle eine Nachaußenwölbung, eine Beule. Was ist da vor sich gegangen, fragt sich Conny und schiebt den Stoff zur Seite. Ein Gummistiefel liegt flach, flunderflach auf dem Boden.

War er müde geworden, war er es auf einmal müde geworden, aufrecht stehen zu bleiben? Ist er einfach noch zu jung, um über lange Zeiträume hinweg ruhig stehen bleiben zu können? Hat er sich von etwas anderem zu diesem Fall anstiften lassen? Von wem?

Ich fasse es nicht, denkt Conny, fällt der Gummistiefel einfach um. Conny greift an seinen Schaft und zieht ihn hoch.

Warum tue ich das, fragt sich Conny und zieht den Vorhang zu, richtet ihn. Es ist wichtig, dass der Vorhang schön fällt, dass der Faltenwurf vollendet zum Ausdruck kommt, denkt Conny.

Am nächsten Tag hat der Vorhang vor der Abstellkammer am Ende des Flurs schon wieder an einer Stelle eine Nachaußenwölbung, eine Beule. Jetzt muss ich also schon wieder mit einer Beule den Tag beginnend leben, denkt

Conny. Conny schiebt den Stoff zur Seite. Tatsächlich. Derselbe Gummistiefel ist noch mal umgefallen. Was bewegt ihn denn so? Da hinter dem Vorhang ist doch nichts los, da kommt doch auch nichts hin, kein Hund, keine Katze, kein Kanarienvogel, nicht mal ein Hauch von einem Luftzug. Conny stellt den Stiefel mit der Spitze ihres Hausschuhs auf, zieht den Vorhang zu, richtet ihn.

Es ist wichtig, dass der Vorhang schön fällt.

Der nächste Tag ist nicht mit einer Vorhangbeule zu leben. Der nächste Tag ist mit einem glatt nach unten fallenden, fließenden Vorhang zu leben.

Conny schiebt den Vorhang zur Seite. Tatsächlich. Beide Gummistiefel stehen aufrecht da. Schön, schön, denkt Conny.

Augenblicklich möchte Conny dem einen Gummistiefel eins auswischen, ihn wegen seiner Launenhaftigkeit bestrafen. Jetzt bewegt ihn also wieder nichts mehr, denkt Conny. Hat er jetzt wieder in sein Gleichgewicht hineingefunden? Wie schnell ging das denn!

Conny schaut ihn nicht mehr an. Conny schaut jetzt nur noch den anderen an, nur noch den. Obwohl ihr dieser Gummistiefel eigentlich egal ist. Conny schaut sich seine Farbe ganz genau an. Sie holt ihre Farbkarte, vergleicht, definiert und hat eine Idee. Ich werde diese Farbe, genau diese Farbe des einen Gummistiefels als Gesichtsfarbe wählen, für die Frau in dem Bild, an dem ich gerade male.

Conny ist froh, für kurze Momente heiter.

Am nächsten Tag fragt sich Conny, ob die Person, die sie gerade malt, krank werden wird, wenn sie ihr die Gesichtsfarbe des einen Gummistiefels gibt, ob sie dann umfällt und stirbt, oder ein Teil von ihr umfällt und stirbt.

Ich muss mich beruhigen, denkt Conny.

Conny bemüht sich. Mir wird schon etwas einfallen. Conny fällt ein Satz ein.

Jeden Tag stirbt etwas, und jeden Tag stirbt jemand.

Das war kein guter Einfall, denkt Conny. Wenn ich das meiner Tante sage ... Conny will den Satz wieder loswerden. Ich möchte niemanden traurig machen, denkt Conny. Doch jetzt ist der Satz angekommen und jetzt lässt er sich nicht so schnell wieder verscheuchen.

Der nächste Tag ist ohne Vorhangbeule zu leben.

Conny bewegt sich auf den Vorhang zu, ganz lapidar, und reißt ihn dann unerwartet zur Seite. Conny tut das nur wegen des einen Gummistiefels, den sie nicht mehr anschauen mag, den sie aber immer noch mag, lieb hat. Nur seinetwegen reißt sie ganz überraschend den Vorhang zur Seite, wirft schnell einen Blick auf ihn, er ist nicht umgefallen und er schaut Conny nicht zurück an.

Conny ist enttäuscht. Conny beschließt, dass ihre Tante nur auf einer Seite in ihrem Gesicht diese Farbe bekommen wird, die Farbe des Gummistiefels in ihrem Gesicht tragen wird. So wird nur eine Seite durch die gelbe Farbe, die leuchtend gelbe Farbe, aus dem Bild fallen. Die andere Seite wird den Betrachter, also auch mich, anschauen, denkt Conny.

Conny holt aus der Küche ein Geschirrtuch, eines, das schon ein paar Löcher hat, und legt es über beide Gummistiefel.

Sie denkt, jetzt decke ich schon die Gummistiefel mit einem Tuch ab, so, wie man, wenn man auf Reisen geht,

Möbel abdeckt, oder einen Leichnam mit einem Tuch abdeckt.

Den letzten Halbsatz möchte Conny auf der Stelle nicht gedacht haben. Conny versucht, ihn aus dem Hirn zu fegen, zu jagen, es gelingt ihr nicht. Sie nimmt das Geschirrtuch wieder weg, zieht den Vorhang zu, auch dadurch gelingt es ihr nicht.

Ich werde, wenn die Geschäfte wieder aufhaben, in eine Tierhandlung gehen, oder soll ich jetzt gleich zu diesem Wurmautomat hinfahren und dort für den Gummistiefel einen Wurm kaufen, oder etwas Wurmähnliches, und das dann auf dem Gummistiefel absetzen, den Gummistiefel zum Auslaufgelände eines Wurms machen, und soll ich auch noch ein bisschen Erde auf den Gummistiefel kippen?

Oder soll ich lieber meine Tante anrufen, überlegt Conny, und mich bei ihr erkundigen, ob sie über Nacht aus dem Bett gefallen ist und jetzt flunderflach auf dem Boden liegt und auf der Stelle jemanden braucht, der ihr hilft, sich wieder aufzurichten, und wenn nicht, mich danach erkundigen, ob sie heute mit einer einseitigen Gesichtslähmung aufgewacht ist?

Conny faltet das Geschirrtuch zusammen, legt es zurück in die Schublade, zieht es wieder aus der Schublade heraus, denkt, ab jetzt werde ich es als Pinselabwischtuch verwenden, schaut auf die Armbanduhr und stellt fest, dass der Film *Wenn ich weine, schlägt mein Herz* in fünf Minuten im Clubraum der Akademie anfängt.

Wieder einen Job machen (3)

Herbert wirft einen Blick auf den Tisch. Eine leere Dose, sonst ist da nichts. Sonst steht da nichts herum, was Herbert um- oder aufräumen könnte. Er denkt an Maries Tischdecken, für deren Reinigungskosten er immer hat aufkommen müssen. Hier kommt es nicht einmal dazu, dass Tischdecken verschmutzt werden, denkt Herbert. Dass Tischdecken als Anwesenheitsbestätigung verschmutzt werden würden.

Herbert greift nach der leeren, auf dem Sofatisch stehenden Bierdose. Die gegen die Dose gelehnte Postkarte fällt um. Die Postkarte bedarf noch einer Briefmarke, damit Herbert sie Resa schicken kann – und Resa sie dann wiederum auf ihrem Küchentisch gegen ein Marmeladenglas oder Ähnliches lehnen kann.

Herbert bringt die leere Dose in die Küche, holt sich eine neue, kommt zurück in den Wohnraum, knipst die Neonbeleuchtung an. Eine, nur eine Neonröhre flackert auf. Für Herbert ist nicht festzustellen, die Decke ist über vier Meter entfernt, ob die anderen Röhren aus Kostengründen nicht eingedreht oder mit der Zeit kaputtgegangen und einfach nicht ersetzt worden sind.

Herbert stellt die Dose Bier auf dem Sofatisch ab, setzt sich, legt sich das Sofakissen in den Schoß, schaut in den Raum hinein. Es fallen ihm die vielen Pflanzen auf. Alle haben lange, schmale Blätter, die von einer gemeinsamen Mitte heraus in Bögen nach unten hängen. Ohne erkennbare Ordnung stehen sie herum, auf dem Fensterbrett, auf dem Fußboden, in Regalen und auf Möbelstücken. Jemand, denkt Herbert, will zur Vermehrung genau dieser Pflanzenart beitragen. Ich kann das gar nicht anders lesen als als Ausdruck einer Hobbytätigkeit, einer Frauenhobbytätigkeit, die mit sehr großer Wahrscheinlichkeit auch noch in anderen Räumen fortgesetzt wird. Kleinhaushaltsdummpflanzen, denkt Herbert, und zählt sie. Vier, sechs, acht, zehn, elf, fünfzehn.

Mal schauen, denkt Herbert, ob ich durch Nichtgießen zu ihrer Ausrottung beitragen kann. Bestimmt werde ich dadurch aber nicht zur Ausrottung des obsessiven Verhaltens beitragen können. Vielleicht, denkt Herbert, reizt es mich gerade deswegen, weil ich gar kein schlechtes Gewissen aufbauen brauche, wenn sie jetzt alle durch mich eingehen, da sich vermuten lässt, dass wenn fünfzehn davon eingehen, dreißig weitere herangezüchtet werden. Und es sogar wahrscheinlich ist, dass aufgrund des Schocks über den Verlust ein noch größerer Energieaufwand zur Erzeugung dieser Pflanzenart betrieben werden wird. Was mich letztendlich als Wohltäter für diese Pflanzenart in die Wohnzimmergeschichte eingehen lässt.

Herberts Nase läuft. Wieder hat er vergessen, vor der Arbeit Papiertaschentücher zu kaufen. Herbert will jetzt keine Klopapierrolle holen gehen und melkt mit zwei Fingern die Nasenwände. Glasklare, durchsichtige Flüssigkeit tropft auf den Boden, augenblicklich muss Herbert an seinen Sohn denken. Luc, denkt Herbert, würde das gefallen, er würde einen kleinen Jauchzer von sich geben, seine kleinen Hände ganz erwachsen gegen die Knie stemmen und aufmerksam auf die Pfütze hinunterschauen, danach mit glänzenden Augen zu ihm aufschauen und sagen, Papa, encore une fois. Und Marie, denkt Herbert, würde derselbe Vorgang ärgern. Wüsste Marie, dass Luc so etwas von seinem Vater zu sehen bekommt, würde das zu einer längeren Auseinandersetzung führen, in der er nichts zur Erklärung beitragen könnte, was sie verständlich finden würde.

Herbert sucht die Schnäuzpfütze, die er auf den Boden gemacht hat, sieht sich ihre Größe, die Konturen, die Form, die die Lache hat, an. Wie lange wird es dauern, bis sie wegtrocknet, auf dem Linoleumboden vertrocknet ist? Wenn es das wenigstens wäre, denkt Herbert, Linoleum, es ist ein Schubberplastikboden, der Holz imitiert. Herbert lehnt sich zurück und denkt, wenn ich jetzt noch einmal aus dem Haus gehe, zur Aufheiterung, komme ich bestimmt abgeheiterter zurück, als ich jetzt hinausgehen würde. Und jetzt ist es noch dazu erst sechs. Die Gründe, die dafür gesprochen haben, hierher zu kommen, kommen mir mehr und mehr abhanden.

Ein männliches Streusel

Ein Blumenstrauß. Maries Finger berühren feuchte Stiele. Marie schaut sich die Blüten an. Kleine Blüten. Die kleinen Blüten sehen lecker aus. Wenn ich jetzt den Strauß wieder vor seinen Mund hinhalte, denkt Marie, dann könnte ich vielleicht sehen, dabei zusehen, wie er anbeißt, wie er Blumen anbeißt. Marie klappt den angewinkelten Unterarm aus. Die Hand hält den Blumenstrauß wie ein Ausrufungszeichen vor seine Brust. Marie wedelwackelt mit dem Blumenstrauß vor seinem Mund herum. Nichts passiert.

Marie bittet den Mann und Conny herein zu ihren anderen Gästen und deren Kiefern. Der Flieder landet in einem gelben Wasserpitcher, der Blumenstraußmitbringer, den Conny ihr als Lenz vorgestellt hat, auf einem von ihrem Nachbarn ausgeliehenen Designerstuhl.

Während des Essens schaut Marie über die anderen Gäste hinweg und durch sie hindurch. Sie schaut sich genauer nur Lenzens Gesicht an, beobachtet seine Haut. Beobachtet seine Haut wie ein Straßentechniker Ampelfrequenzen. Seine Gesichtshaut konnte rauschen, rauschen wie Wasser. Wenn Wasser unterschiedlichen Tiefen nachgeht, nimmt oben die Wasserhaut jeweils andere Farbigkeiten an, und genau so, denkt Marie, färbt sich auch sein Gesicht um. Als würde auch er unter seiner Haut verschiedenen Tiefen nachgehen, als würden auch bei ihm verschiedene Tiefen seine Haut belichten. Als wäre Haut bei ihm eine Substanz, die sich passend zu seiner Tiefe verfärbt. Lenz sieht zu ihr herüber. Und Rot, denkt Marie, was genau stellt jetzt das Rot in seinem Gesicht für eine Entwicklung dar?

Bei den anderen Blondlern, denkt Marie, hat die Haut oft etwas stures Helles, hat stur hell, stur blass zu sein, und so ganz stur blass und so ganz zu blass ist bei ihm nur eine Stelle, die Stelle seines V-Ausschnittes.

Die Stelle seines Ausschnittes schaut. Schaut und schaut genau meine Hand an. Meine Hand passt genau. Genau da hinein passt eine Damenhand. Ich würde gerne meine Hand in dieses helle, blasse Weiß lassen, auch möchte ich die Stellen unterhalb des Ausschnittes sehen. Doch, denkt Marie, die liegen noch verborgen. Geschützt unterm Pullovergewebe, wie bei reichen Frauen wertvolle Schmuckstücke in kleinen Samtbeutelchen. Und?, denkt Marie, Schmuckstücke muss man herausholen und ans Licht bringen.

Marie stellt sich seine Haut dort vor wie verlassene Sandbänke, platinblonde Sandbänke, die einfach nur brach daliegen und höchstens noch vom Betrachter aus gesehen eine Zugänglichkeit ausstrahlen, auch wenn sie selbst gar nicht damit rechnen oder sie erwarten. Und jetzt?, denkt Marie. Abtauchen. Einfach ein bisschen tiefer unter die Stoffhaut tauchen.

Über die Stoffhaut möchte Marie jetzt kein Wort verlieren. Die Stoffhaut ist für sie nicht einmal einen polizeidienlichen Hinweis wert. Als Geologin würde Marie die Stoffschicht einfach achtlos wegschlagen, würde sie sie, weil sie die Schichten erforschen will, die Inter-rasanteres verbergen als Oberflächenbekleidungen, die den eigenen Vorstellungen von Ästhetik unterliegen müssen und deswegen für Marie nicht so aufregend sind wie Hautschichten, die dahinter liegen und sich weigern, den eigenen Vorstellungen von Ästhetik zu unterliegen. Hautschichten, denkt Marie, sind nicht so einfach zugänglich für ästhetische Diktaturen.

Marie steht auf, beugt sich etwas über den Tisch und schenkt ihm Wein ein. Lenz lacht sie an. Marie schenkt ihm immer öfter Wein ein und wünscht sich, dass die ersten Gäste wieder gehen würden, damit Platz neben ihm frei werden würde.

Als dann alle gegangen sind, lässt Marie sie alle untergehen, weitergehen, weiter ihren Untergängen entgegen, nur Lenz löst sie immer wieder aus, aus dem Untergang heraus. Ihn hält sie, als sie das leere Geschirr zusammenträgt, vom Untergang entfernt. In seinem Ableben nicht weiter ablebbar machen will sie ihn, bei sich haben.

Durchhalten, denkt Marie. Oder könnte ich ihn auch so behalten, als einen Gast, einen von Conny mitgebrachten Gast, der auftaucht und dann wieder untergeht?

Marie trägt einen Stuhl, mit rotem Blumenmusterplastikbezug, ins Kinderzimmer, einen anderen in die Küche und fragt sich, soll ich ihn, nur so in der Erinnerung, in der Erinnerung eines Abendessens, das schon untergegangen ist, auch ihn als schon untergegangen behalten? So, wie die

Farben dieses Kinderstuhlbezugs auch schon untergegangen sind.

Marie will nicht. Sie will nicht, dass Lenz jetzt nur als Erinnerung hängen bleibt. Er, der sie an ihrer Wohnungstür, beim Abschied so schön dekoriert hat. Er, der sie mit Worten so schön dekoriert hat, wie sonst immer nur gemalte Stillleben mit Obst und Geflügel schön dekoriert sind. Lenz hat sie ausgestattet, hat sie für wert befunden zum Ausstatten, und wie lange das schon nicht mehr der Fall war, weiß Marie. Nach der Trennung von Herbert konnte Marie an den meisten Männern nichts mehr finden, und deshalb war so wenig los, war das Herz so wenig lose in ihrem Leben. Manchmal fragt sie sich sogar, wie Affären es schaffen, noch Affären zu haben.

Doch durch Lenz, denkt Marie, fühle ich mich, als würden Fasane auf mir liegen, mit großen schweren Flügeln, und Melonen auf meinem Kopf, schon aufgeschnitten und vor sich hin tropfend.

Marie trägt die Kacheln, die als Untersetzer gedient haben, zusammen.

An mir, denkt Marie, ist jetzt alles schon so hergerichtet, wie in diesen Stillleben alles hergerichtet ist. Und dieses hergerichtete Stillleben werde ich festhalten und auslösen, jeden Tag und auch am Abend. Und dessen Stille auch. Ich hoffe nur, denkt Marie, Lenz hat mehr mitgenommen als nur meine Telefonnummer.

Wieder einen Job machen (4)

Die Eröffnungsrede ist vorbei. Es tut sich eine kleine Seitentür auf, unter Applaus spazieren Musiker herein, vier. Ein Quartett. Auf ihren Gesichtern tragen sie den klassischen Stolz, den, der sich der Musik beugt und deren Probenzeiten. Der Applaus stoppt und die ersten Töne, hohe, reine, feine Töne, nehmen den Raum ein. Barocke Lebendigkeit breitet sich aus, so viel davon, dass der ganze Saal platzen will vor Sehnsucht – die gar nicht eingelöst werden kann und zu einem noch größeren Desaster führen würde, als es jetzt schon der Fall ist, was unerfüllte Sehnsüchte anbelangt.

Herbert sieht sich die Musiker an. Alle sitzen auf einfachen, hellen Holzstühlen. Und im Kontrast dazu ihre elegante Kleidung, Pinguinbekleidung. Wenn ich mir noch weiter ihre Gesichter ansehe, denkt Herbert, dann kann ich nicht mehr der Musik folgen. Sie sagen so etwas anderes aus, als die Musik aussagt. Die emotionale Bandbreite ist in den Gesichtern nicht in dem Maße vorhanden, wie sie in der Musik vorhanden ist, und trotzdem können sie sie spielen, und trotzdem können sie mit ihren Instrumenten diese Lebendigkeit hervorzaubern, vorzüglich hervorzaubern, können eine emotionale Bandbreite hervorzaubern, die in ihrem Leben gar nicht vorhanden sein muss oder sogar auch völlig abwesend sein kann.

Herbert sieht sich dieses Unvereinbare nicht weiter an und schließt die Augen. Als ihm das nicht länger möglich ist, beugt er sich zu seinem Kollegen, der mitverantwortlich dafür ist, dass dieses Quartett eingeflogen wurde, deutet auf sein Handy, steht auf, steht mitten im Konzert auf und geht, geht zu den barocken Türgriffen. Das Öffnen der großen Flügeltüren macht ein paar unerwartete Geräusche. Der Violoncellospieler, der aus dem gleichen Land kommt wie Herbert, violoncellot ungestört weiter.

Herbert läuft die weit auslaufenden, in einer Spirale angelegten Steintreppen hinunter und versucht dabei, den Takt der Musik zu halten, er durchquert die pompöse Eingangshalle, erreicht die Straße, die Straße, die auch zum Marktplatz führt, auf dem um diese Zeit schon lange nichts mehr los ist. In zwei, drei Wochen werden diese engen Gassen der Altstadt voll sein mit Bussen, Busen, Henkeltaschen und anderen Touristen, doch jetzt, jetzt sind dort keine Passanten, Fahrradfahrer, Pastoren, Kinder oder Autos zu sehen. Handgeknüpfte Besen und handgeknüpfte Bernsteinketten kann man dort tagsüber günstig erwerben, doch Angebote für Wohngemeinschaften findet man keine.

Nicht nur das Wort Wohngemeinschaft, sondern auch das Wort Scheidung sei hier ein Fremdwort, hat ihn der Angestellte aus dem Institut, mit dem sich Herbert für das Konzert verabredet hatte, wissen lassen. Er sei einmal mit seinem Vater, der ebenfalls in dem Institut arbeitet, in die

Schweiz gefahren, und dort sei er in einer Wohngemeinschaft gewesen, und das habe er super gefunden, so super, dass er nur deshalb in der Schweiz wohnen wollen würde, wegen den Wohngemeinschaften. In der Wohngemeinschaft hat er eine Französin kennengelernt, die zwei Jahre älter ist als er und die er nun öfter in Frankreich anruft, womit er die Telefonrechnung seiner Eltern strapaziert.

Herbert ist klar, dass sich das in den nächsten Jahren ändern wird. Seit zwei Tagen gibt es in Supermärkten und in Bäckereien schon Brötchen zu kaufen. Seit zwei Tagen gibt es hier Brötchen und in ein paar Wochen wird es hier Frauen geben, die alleine wohnen.

Die Freundin von Herberts Nachbarin wird vielleicht die Erste sein. Seine Nachbarin hat ihm erzählt, dass sie bei den Eltern ausgezogen ist, als sie heiratete, dann mit ihrem Mann zusammenwohnte, sich mit ihm nicht verstand, sich scheiden ließ, nach der Scheidung zurück zu den Eltern zog und jetzt nicht mehr bei den Eltern wohnen wolle, aber auch nicht mehr heiraten, nur um bloß nicht weiter bei den Eltern wohnen zu müssen.

Herbert bleibt bei der Eingangstür einer Apotheke stehen, sucht nach den Öffnungszeiten und denkt, dass er auch diese Stadt nicht besonders schön findet.

Ein männliches Streusel (2)

Marie liest auf dem Display 23:07:41 Uhr, dann in serifenloser Schrift das Wort *unbekannt* und nimmt den Anruf entgegen.

Hallo Marie!

Lenz, denkt Marie, Lenz, es ist Lenz.

Das Hören von Lenzens Stimme öffnet bei Marie ein Ventil. Marie will einen langen, schrillen Ton von sich geben, möchte, wie eine Dampflok in die Nacht hineintönt, in die Nacht hineintönen.

Marie versucht es mit Sätzen. Aber die Sätze, die Marie sagt, beeindrucken Lenz nicht. Lenz hebt die Worte, die Marie benutzt, in ein für ihn gültiges Prinzip hinein. Er hebt die Worte hoch, so hoch, dass er damit das, was Marie sagt, aufhebt. Nur Marie hebt er nicht auf. Marie verstummt. Sie will jetzt weder an der Leine geführt noch ungezügelt ihre Worte laufen lassen. Und Lenz führt das Telefongespräch auch ohne sie. Lenz führt das Telefongespräch auch einfach alleine weiter.

Marie hört nicht mehr zu und möchte am liebsten einfach nur wie ein ungestilltes Jungtier in das Telefon hineinröhren. Marie versucht das Schreienwollen zu unterdrücken. Marie schafft das.

Marie sieht auf das Display. Fünf Minuten und achtundvierzig Sekunden hat das Gespräch gedauert, und wie lange, denkt Marie, werde ich jetzt noch in dem Dilemma gefangen bleiben, dass das Telefongespräch keine körperliche Nähe ergeben hat können, dass ich am Telefon nicht imstande war, ihm meine Haut gebend hinzuhalten.

Marie schreit.

Marie hört wieder auf zu schreien und steckt das Telefon zurück in die Basisstation. Sie geht in das Badezimmer und denkt, hoffentlich müssen nicht noch weitere Anrufe dieser Art erfolgen. Und hoffentlich ist Lenz auch mit so einer Gabe ausgestattet, die es ihm ermöglicht, eine Verabredung in die Zeit zu bringen, und nicht nur mit der, die ihn Worte wie *Wir müssen uns bald sehen* aussprechen lässt.

Marie wirft eine Zahnpastatube in den Müll. Seit Tagen, denkt Marie, richte ich mein Augenmerk auf diesen Körper, und das, obwohl er gar nicht da ist. Obwohl er gar nicht da ist, verfolge ich diesen Körper immer wieder und verfolge auch mich immer wieder, wie oft und wie lange ich dabei bin, mich diesem Körper hinzuzutun. Spüre einfach immer wieder diese Wärmeausstrahlung für seinen Körper.

Konditionierung, denkt Marie. Wenn Lenz jetzt ein Tisch wäre, würde ich ihn dann auch noch anstrahlen, anbrüten mit Wärme, wie eine Junggans aus Konrad Lorenz' Versuchen, und hätten wir dann etwas später Tischkinder, fröhliche Tischkinder?

Marie sieht sich im Hängeschrank nach einer neuen Zahnpastatube um, findet keine. Marie gibt etwas von der Kinderzahnpasta auf ihre Zahnbürste.

Seit Tagen, denkt Marie, denke ich unentwegt an Zahlen, an Zahlen, die Geschwindigkeit zustande bringen, an Telefon-PS und Körper-PS. Und hoffe, dass, wenn ich wohlwollend an diese Zahlen denke, sich etwas ändert, sich an der Situation etwas zu meinen Gunsten verändert.

Marie spült den süßen Zahnpastaschaum mit lauwarmem Wasser aus. Die Zeit, die ich nicht mit ihm verbringen kann, werde ich jetzt wieder mit seinen Worten verbringen. Die Zeit, die ich mit seinen Worten verbringen werde, dauert länger, viel länger als die Körperzeit, die nötig wäre.

Ich werde Worte von ihm ertränken, ertränken müssen. Die Worte, die von sich aus kein Festland ergeben, die von sich aus nur in alle möglichen Richtungen schwimmen, die von sich aus nur Schwimmland sind, sich treiben lassen, dahin und dorthin. Diese Worte werde ich kopfüber so lange unter Wasser halten, halten müssen, bis ihnen die Luft ausgeht. Und die Worte von ihm, die mir besser gefallen haben, werde ich zusammentragen und ins Trockene pflanzen und mir vornehmen, sie zu gießen, täglich zu gießen, damit diese Worte dann schwerer werden und ein gutes Gewächs hergeben, falls was daraus wachsen soll, auf einem Festland, auf dem ich noch nicht stehe, mit ihm.

Marie schraubt den Deckel der Mundwasserflasche auf, ein Hauch von Spearmint steigt ihr in die Nase. Marie spült, gurgelt, spuckt himbeerfarbene Flüssigkeit in das Waschbecken, lässt Wasser nachlaufen. Bis jetzt ist es wirklich noch so, denkt Marie, als wäre alles noch in Wasser gepackt seit dem Abend, seit dem wir uns kennen. Und wahrscheinlich frage ich mich auch deshalb so viel, viel zu viel und viel mehr, als ich mir beantworten kann.

Ob Luc das auch schon bemerkt?

Marie zieht einen Wattebausch aus einer Schachtel, kippt eine Glasflasche, Reinigungsmilch läuft aus. Hellblaue, dünnflüssige Lotion wird von dem Wattebausch aufgesogen. Kreisförmig reibt Marie ihre Gesichtshaut ab, spürt, wie die Flüssigkeit in ihre Poren eindringt. Wie sein Flieder, denkt Marie, jetzt muss ich an seine Fliederstängel denken. Die Fliederstängel stecken noch immer in dem gelben Plastikkrug. Die Transparenz des Plastikkruges lässt sie dunkelgrün durchschimmern. Und so kann ich ablesen, und lese auch täglich ab, wie viel seine Fliederstängel bei mir trinken. Meist schlürfen, saugen oder poren sie atmend einen viertel Becher innerhalb von 24 Stunden in sich hinein.

Dass sie so durstig sind, freut Marie. Marie führt das auf ein ungestilltes Verlangen des Schenkers zurück. Marie lässt diese Interpretation zu.

Marie wendet den Wattebausch, lässt Reinigungsmilch auslaufen, kippt die Flasche zurück in die Vertikale und reibt mit der gewendeten Seite ihr Dekolletee ab.

Die Hauptsache ist mir, denkt Marie, dass Lenz überhaupt Geschwindigkeit zustande bringt, so wie es im Alltag überhaupt wichtig ist, Geschwindigkeit zustande zu bringen, sich selbst so weit zustande zu bringen, dass man noch dazu kommt, Zeit zubringen zu können. Marie wirft den Wattebausch in den weißen, mit Schwingdeckel ausgestatteten Abfallbehälter, zieht die Badezimmertür zu, die Kinderzimmertür und öffnet die Tür zum Fliederstrauß.

Wieder einen Job machen (5)

Herbert geht in die Küche, die gleichzeitig das Bad ist, man muss nur den Schlauch umschließen, wäscht sich die Hände, öffnet die Kühlschranktür und greift nach einem Topf.

Herbert ist im Besitz von zwei Töpfen. Einen will er nicht mehr benutzen, weil alles, was er bisher darin gekocht hat, nach Metall schmeckt, und den anderen stellt er jetzt auf den Herd.

Gestern, denkt Herbert, hat sie mir zum ersten Mal etwas aus ihrem Leben erzählt, und ich wusste nicht, ob sie mir dabei auch ein Geheimnis anvertraut hat. Ich konnte nicht sagen, ob sie mir etwas erzählt, was sie sonst niemandem erzählt. Resa, denkt Herbert, wäre das gleich aufgefallen, wenn sie etwas ausgesprochen hätte, was sie sonst nicht so leicht jemanden anvertrauen würde.

Sie erzählte mir, dass sie sich von ihrem Vater in ihrem Lebensweg nicht akzeptiert fühlt, ihm das aber nicht sagen könne, obwohl sie ihm das gerne sagen möchte, und dass sie lieber den Job hätte, den ihre Freundin hat, und dass, obwohl sie sich beide dafür beworben haben, die Freundin ihn bekommen hat, und dass sie deswegen jetzt gar keine

Aussicht mehr auf so eine Arbeit hätte, da es für diese Arbeit in der Firma nur eine Person braucht und es in dieser Stadt nur eine solche Firma gibt, die das überhaupt anbietet.

Für mich klang nichts davon nach einem Geheimnis, denkt Herbert. Nichts davon wollte klingen. Aber das mag an der Bar gelegen haben. Ein Lokal, das sie *Bar* nennt, dabei liegen auf kleinen quadratischen Holztischen rot karierte Tischdecken und die Wände sind rundherum mit einer dunkelbrauen Holzvertäfelung verschalt, wahrscheinlich, um Hüttenatmosphäre zu verbreiten, die Fenster klein, von außen mit metallenen Kreuzverstrebungen ausgestattet, und innen hängen, an kleinen dünnen Holzstangen, weiße Lochstickereivorhänge, der Durchblick zeigt ein kleines Stück Kopfsteinpflaster von der Straße, die zum Marktplatz führt. Außer mir und meiner Nachbarin gab es nur noch zwei andere Gäste, einen Mann und eine Frau, sie sprachen gar nicht miteinander, ergaben kein Hintergrundgeräusch, nichts Lebhaftes, damit ich durch sie wenigstens hätte feststellen können, dass ich mit meiner Welt doch in einer anderen Welt bin. Der Mann berührte ab und zu das Bierglas, um es zum Mund zu führen, und ich schaute dann dabei zu, wie sein Bier die Behausung wechselte, so direkt, als müsste ich Kehlkopfbewegungsablaufstudien betreiben. Die Frau malte ab und zu in die Kondenstropfen an der Außenwand des Glases Muster.

Das Schweigen der beiden hatte keine Spannung. Nicht einmal dieses Schweigen hatte in den Raum hineingewirkt, und auch nicht die Musik. Auch durch die Musik wirkte die Bar nicht voller, dafür lief sie zu leise im Hintergrund. In der Bar, denkt Herbert, habe ich mich genau so gefühlt, wie ich mich davor hier gefühlt hatte, aufgeräumt und nichts los mit mir. Nicht mal kurz davor, dass etwas losgehen könnte.

Auch meiner Nachbarin muss es so ergangen sein, denn wenn wir uns nicht unterhielten, schob sie immer nur einen Allerweltsaschenbecher aus Glas über die Außenkante des Tisches, um zu testen, ab wann er sich nicht mehr halten kann, auf der Tischfläche halten können und stürzen würde, hinabstürzen würde müssen, oder sie erprobte die Biegungskapazität des brauereiemblemgefärbten Bierdeckels, machte Bierdeckelaerobicübungen, und ich sah ihr dabei zu.

Das Einzige, was mir gefiel, war, dass sie meinen Namen französisch aussprach, dass sie Erbèrt sagte, das hätte sie ruhig öfter sagen können, denkt Herbert. Sonst hatte die Bar dieselbe Anständigkeit wie das Gästebett auf meinem Zimmer. Ordnung aus Anständigkeit, denkt Herbert, und dass sich hier mal jemand betrinkt, volllaufen lässt, kann ich mir schwer vorstellen.

Herbert nimmt den Deckel vom Topf, legt ihn in die Spüle, öffnet eine Schublade, zieht einen Holzlöffel heraus, rührt um und denkt, dass er hier für Resa kein passendes Geschenk finden wird.

16. März

Resa kratzt sich. Resa kratzt sich in der Öffentlichkeit. Resas Kopfhaut juckt in der Öffentlichkeit.

Resa sagt: Ich möchte dich lieben. Ich möchte dich lieben. Ich möchte dich lieben. Resa sagt es nicht laut. Sie sagt es ganz leise, in ihren Kopf hinein. Resa nimmt die auf dem Besteck abgelegte Serviette wieder aus dem Teller und hofft, dass sie noch rein ist, blütenrein. Was für ein komisches Wort, denkt Resa. Manche Blüten schauen nach dem Regen doch so verdattert aus, als hätten sie mit dem heruntergefallenen Wasser gestritten, wären in einen Streit geraten und nicht in eine Reinigung oder zu einer Tränkung, die zu besserem Wachstum führt. Vielleicht kommt auch daher der Ausdruck *Du siehst aus wie ein begossener Pudel.* Resa holt ihren Notizblock aus der Tasche, schreibt auf: Regenkränkung.

Herbert kommt von der Toilette zurück, setzt sich umständlich. Während seiner Abwesenheit ist sein Mantel verrutscht, von der Stuhllehnenkante herabgerutscht. Jetzt muss er ordnen, eine neue Übereinanderschichtung gestalten, Mantel, Schal, Mütze, Trageband der Tasche so arrangieren, dass dann nichts davon in den Rücken drücken kann, ihn von hinten kneifen, einschneiden, foltern kann, so dass er auch angelehnt noch bequem auf dem Stuhl sitzen kann und dabei der Mantel auch nicht allzu schlampig auf dem Boden ausliegt.

Resa schiebt den Block zur Seite, betrachtet die Serviette, erstaunt, dass sie beim Anblick der aufgesogenen Fettflecken gleich denkt: Wie unappetitlich. Eigenartig, denkt Resa, dabei ist doch nur das, was ich gerade noch in den Mund getan habe, mit den Lippen umkost habe, auf der Serviette als öliger Fleck zu sehen. Und dieselbe Speise soll jetzt ein Dreckbatzen sein. Vielleicht könnte das Fett aus der Soße ja sogar das Jucken meiner Kopfhaut stillen, zum Stillstand bringen?

Als sie daran denkt, wie fettiger Käse die Kopfhaut berühren könnte, würgt es Resa. Merkwürdig, denkt sie, dabei weiß ich doch, dass die Kopfhaut selbst gar kein Igitt hervorbringen kann, geschmacksunempfindlich und stimmbandlos, wie sie ist. Und bekanntlich sind Käsesoßentupfer auch nicht hautverätzend.

Muss nicht jeder, der etwas erreichen will, über eine Grenze schreiten, um etwas Neues herausfinden zu können, fragt sich Resa, oder betreibe ich jetzt nur ein Mir-etwas-schön-Reden, damit ich mir den Umstand ersparen kann, mir in diesem Lokal ein Taschentuch organisieren zu müssen.

Resa faltet die Serviette, faltet die mit mehreren Speiseresten befleckte Serviette noch weiter zusammen, das aufgesogene Fett nach hinten, als die Bedienung fragt: Darf es noch etwas sein?

Die Bedienung kommt in regelmäßigen Abständen und fragt: Darf es noch etwas sein?

Es ist nicht ganz auszumachen, ob sie das tut, um ihr Trinkgeld zu steigern, oder ob sie es tut, weil es ihr vom Chef so aufgetragen ist, um seinen Umsatz zu steigern, oder ob sie es nur tut, weil sie immer wieder vergisst, dass sie schon gefragt hat, und nur sichergehen will, dass sie niemanden vergessen hat. Wahrscheinlich ist es bei ihr das Dritte, denkt Resa und betupft mit der Serviette die Kopfhaut. Resa schaut die Serviette an, will feststellen, ob sie so stark gekratzt hat, dass es blutet, hebt ihren Kopf und sagt: Noch einen Weißwein, bitte.

Darf es bei Ihnen auch noch etwas sein?

Resa schaut in Herberts Gesicht und sieht, wie verdutzt er ist, sieht, dass er jetzt nicht weiß, was er zu der Bedienung sagen soll.

Jetzt ist er überrascht, dass ich einfach ein weiteres Glas Wein bestellt habe, ohne mit ihm zu besprechen, ob wir noch länger bleiben. Dass es jetzt zu einem Wir-bleiben-noch-länger kommt, einfach so hat kommen können, ohne dass er weiß, ob ihm das recht ist, ohne dass er dazu Stellung beziehen hätte können, passt ihm nicht.

Herbert antwortet: Ich überlege es mir noch.

Bringt er jetzt damit nur seine Überraschung zum Ausdruck, denkt Resa, oder sein Ich-darf-nicht-mehr-so-viel-Geld-ausgeben, Ich-muss-wieder-mehr-sparen, oder ist da jetzt Trotz, ist da jetzt auch ein bisschen Trotz zu vernehmen? Ein klein wenig Trotz, um mir zu zeigen, dass er sich auch zu helfen weiß, sich auch Möglichkeiten schaffen kann zu konterreagieren, und nun auch geschaffen hat, indem er, wenn er nichts weiter bestellt, jederzeit, also auch bevor ich noch ausgetrunken habe, aufstehen und gehen kann. Aufstehen und gehen kann, ohne mir Bescheid zu geben.

Resa wirft die Serviette zurück auf das Besteck, auf das ordentlich im Teller abgelegte Besteck, kreuzt unterm Tisch die Beine, kreuzt die Beine so, dass ihre Sohlen, die dünnen Schuhsohlen, nicht auf dem kalten Boden, Terrazzoboden, die Kälte aufnehmen, durchlassen, eindringen lassen, und nur noch die Kanten der Schuhe dem kalten Stein ausgeliefert sind.

Werde ich langsam schrullig oder nur alt, fragt sich Resa, oder muss das eine mit dem anderen kommen? Letzte Woche habe ich schon Papierhandabtrockentücher aus der Toilette in die Schuhe gestopft, und jetzt würde ich am liebsten die Tageszeitung, den Sportteil der Tageszeitung, aus meiner Tasche auf den Steinboden legen, um die Füße darauf abstellen zu können, damit sich die Kälte des Steinbodens davon abhalten lässt, durch die dünnen Sohlen in meine Füße zu dringen. Mit meiner schlechten Durchblutung wird es immer schlimmer, denkt Resa, genau so, als ob ich schon zu den alten Leuten gehörte, die mit mit Aluminiumfolie bezogenen Kunststoffsets durch die Gegend laufen, damit sie sich im Spätsommer noch auf einer Parkbank niederlassen können.

Hätte ich Herbert jetzt fragen müssen, ob ich noch einen Wein bestellen kann? Darf? Hätte ich ihn jetzt in meine Entscheidung mit einbeziehen müssen? Muss ich jetzt schnell etwas sagen, damit es so aussieht, als hätte ich mit meiner Bestellung auch in seinem Sinne gehandelt?

Ich liebe dich, denkt Resa, ich liebe dich, ich liebe dich, ohne zu ihm hinzuschauen.

Resa sagt: Wolltest du nicht noch einen Apfelstrudel bestellen?

Herbert sagt: Wollten wir nicht um acht ins Kino gehen?

Wir könnten doch auch noch in die Spätvorstellung gehen.

Herbert klappt die Speisekarte auf und versenkt seinen Blick da hinein.

Resa ist verunsichert. Schaffe ich es schon mal zu handeln, ohne Absprache mit dem Gegenüber, dann stoße ich den anderen damit gleich vor den Kopf. Denkt er jetzt, ich bin kompliziert? Bin ich das?

Resa blickt zum Nachbartisch. Tränen steigen ihr in die Augen. Ich liebe dich, ich liebe dich, ich liebe dich und denke nicht daran, dass du eventuell morgen schon ganz früh deinen Sohn bei Marie abholen musst und eine Spätvorstellung dich davon abhalten würde, rechtzeitig ins Bett zu kommen. Ist es das?

Herbert hebt den Kopf und blickt sich nach der Bedienung um.

Wird er sie jetzt rufen, um zu bezahlen, um seinen Teil schon mal zu bezahlen?

Ich will den Wein aber nicht stehen lassen, denkt Resa, ich will nicht hetzen, ich will in Ruhe den Wein austrinken, in Ruhe das Essen sich setzen lassen.

Resa sagt: Ich kann den Wein auch stehen lassen, wenn du jetzt gleich ins Kino aufbrechen möchtest.

Resa probiert damit eine Taktik aus, die sie für sich Capote-Taktik nennt, die ihr bei dem gleichnamigen Film aufgefallen ist. Man gibt seinem Gegenüber das Gefühl, man steht zu ihm, hinterfragt nichts, er muss auch nichts begründen, es muss auch nicht mit Argumenten gewetteifert werden. Man sagt mit einem Wort, mit einer Geste:

Ich ergebe mich, ich ordne mich deinem Wunsch, wie auch immer er ausfallen wird, unter.

Eine andere Bedienung kommt, stellt das Weinglas auf einen Pappdeckel. Resa betrachtet all die anderen Pappdeckel auf ihrem Tablett und denkt, die wären jetzt auch auf dem Boden nicht schlecht, die würden vielleicht sogar noch besser als der Sportteil der Zeitung die Kälte abhalten.

Ist der Apfelstrudel hier frisch oder aufgebacken, fragt Resa.

Die Küche macht hier alles selbst, der ist frisch, sagt die Bedienung, aber ich kann, wenn Sie möchten, auch noch mal nachfragen.

Resa schaut in Herberts Augen, diese langen Wimpern, die so gerade, ganz gerade und blond nach vorne stechen, als wären sie ...

Herbert sagt: Wir müssen nicht ins Kino gehen, wenn du jetzt nicht möchtest.

Resa schaut die Bedienung an und sagt: Wir nehmen noch einen Apfelstrudel, wenn er selbst gemacht ist. Wartet, bis die Bedienung weg ist, und sagt: Es ist doch ganz nett hier, nur mit uns beiden, ohne zusätzliche kulturelle Reize, oder?

Resa zwinkert Herbert zu.

Herbert verdreht die Augen.

Resa greift nach dem Glas auf dem Pappdeckel, dreht es in ihrer Hand, sucht nach der Markierung. Ich will wissen, denkt Resa, wie markierungsgenau sie hier einschenken. Wenn sie auf den Strich genau einschenken, komme ich nicht mehr hierher. Und, fragt sie sich, wird es mir bald zu anstrengend sein, dich zu lieben?

Ein männliches Streusel (3)

Ich will noch den Firnis fertig auftragen, dann können wir gehen, sagt Lenz.

Ja, ist gut, sagt Marie.

Marie lässt Lenz in Ruhe, in der Ruhe, die er vorgibt haben zu wollen. Eine Harmoniebezeugung, die nicht stimmt, aber trotzdem hat Marie sie ausgesprochen, schnell gesagt, um nicht zu lange in einer Situation ohne Übergang zu bleiben. *Kannst du das nicht später machen* hätte mehr gesagt, aber keine Muskeln in Maries Mund hätten sich dafür anspannen lassen, um Kraft aufzuwenden, Ausdruckskraft. *Kannst du das nicht später machen* hätte viel besser vermittelt, in welchem Wirtschaftstempo Marie sich fühlt in seiner Anwesenheit. Sie boomt.

Firnis, was ist das, fragt sich Marie, eine Holzschutzflüssigkeit. Kann er das Holz nicht später schützen, kann er mir nicht Antworten zu meinem Körper tragen, so dass ich mich geschaukelt fühle, sieht er nicht, dass ich nervös in meinen gelben Schuhen auf dem grauen Betonfußboden auf und ab gehe.

Maries Schuhe hacken schnabelartig auf den Betonboden ein, als würden Nüsse zwischen den Absätzen und der Fußbodensohle liegen. Harte Nüsse deren Schalen geknackt werden müssen, damit sie ihr Fleisch herausrücken. Und wie bei einem Marsch die Holzstöckchen immer wieder rhythmisch auf die Trommel treffen, trifft Marie rhythmisch mit ihren Absätzen Lenzens Betonfußboden. Marie schlägt einfach weiter auf, tritt einfach weiter auf seinen Betonfußboden ein, tritt so lange, bis sich Lenzens Ton dazuhallt. Maries Solo wird unterbrochen. Lenzens Ton, der Ton der Firnisbestreichung, kommt hervor, kommt laut hervor. Lenzens Ton wurmt sich in Maries Ohr.

Mein Ton, denkt Marie, müsste doch eigentlich lauter sein. Lenzens Arm kann doch gar nicht so viel Druck ausüben, Gewichtsdruck austragen, wie ich mit meinem Körper in den Schuh reindrücke. Mein Ton bekommt doch viel mehr Gewichtsunterstützung als das bisschen Gewicht, mit dem sein Arm den Pinsel hält, und trotzdem hallt sein Ton lauter.

Marie bleibt es unbegreiflich, wie laut dieser Pinsel seinen Ton da in den Raum macht, dieser Schrt-schrt-schrt-Rhythmus der Borsten, der starken, blonden, die an dem gelaubsägten Holzprofil entlangratschen.

Marie gibt auf, das zu verstehen, und ergibt sich der Macht dieses Tones. Wartend hängt sie darin fest, da ihr außer diesem Ton Lenz nichts anbietet, nicht einmal einen Satz wie *Kann ich dir etwas anbieten*, auch keine anderen Angebote kommen von ihm, auch keine anderen Fragen, nur immer wieder dieser Ton.

Marie setzt sich neben den Ton und denkt: Hm.

Sie sitzt auf einem kleinen, farbbefleckten Holzdrehstuhl und schaut das Holz an. Der Holzblock, ein stummer Klangkörper, fristet ohne Hohlraum sein Dasein, doch der Pinselbogen kann ihm einen Klang entlocken. Marie findet den Ton interessanter als die Holzarbeit. Und obwohl Lenz nicht beeindruckt ist von Maries Schuhgeklimse, ist Marie beeindruckt von Lenzens Ton, seinem Pinselton, den er so gekonnt hervorbringt. Kann er ein Instrument spielen, fragt sich Marie. Spielt er ein Streichinstrument? Oder woher kommt diese Gleichmäßigkeit bei der Strichführung? Gerne würde Marie wissen, wie sie klingen würde bei der Pinselführung. Gerne würde sie feststellen, ob ihr die Harmonie des Tons auch gelingen würde oder ob der Ton wirklich nur durch seinen Druck, durch seine gleichmäßige Bewegung, Arm- und Handbewegung, durch seine Haltung des Pinsels in den Fingern, eine Bewegung ohne Hast, nur ihm anheimfällt.

Wenn ich nur so einen Pinsel und einen Firnis zu Hause hätte, denkt Marie, würde ich üben. Nein, nicht üben, nur sehen wollen, hören, dass ich mich nicht so anhören würde. Bestimmt würde ich mich nicht so anhören. Wahrscheinlich würde der Ton, den ich mit dem Pinsel machen würde, meinem Schuhton, meinem nervösen Schuhgeklappere ähnlicher kommen.

Und wie, denkt Marie, würde sich Lenz in meinen Schuhen anhören?

Obwohl wir in einer Werkstatt sind und Lenz bestimmt jederzeit an der Ferse das Leder aufsägen, aufzwicken oder aufschneiden könnte, damit auch seine Füße hineinpassen, so dass dann auch er in meine Schuhe steigen könnte, werde ich Lenz nicht fragen, ob er so, in meinen Schuhen, auf seinem Betonboden ein bisschen herumklappern will, damit ich hören könnte, wie er klingt, wie er sich mit meinen Schuhen auf seinem Betonboden anhört.

Schade, denkt Marie, dass das nicht Platz haben wird. Schade, dass überhaupt so wenig Platz findet und immer wieder nur seine Töne an mein Ohr wellen, wasserwellen. Töne, die auftauchen, ohne Standpunke zu sein, aber trotzdem als Standpunkte durchkommen.

Das Flugzeuginnenraumgefühl

Conny versucht im Flugzeug zu schlafen. Ihr Nachbar liest ein Frauenmagazin. Das Frauenmagazin, denkt Conny, hat so ein breites Format nun auch wieder nicht, dass er deswegen gleich die ganze Armlehne in Beschlag nehmen muss. Der dadurch entstehende Körperkontakt stört Conny. Conny dreht ihrem Nachbarn den Rücken zu. Ihr Rücken erscheint ihr unempfindlicher gegenüber zufällig entstehendem Körperkontakt als ein Arm. Anschließend schiebt Conny ihren Schal, einen aus mercerisierter Baumwolle gewebten Schal, anders hinter ihren Nacken, an eine noch nicht ausprobierte Stelle, und hofft, dass ihr das eine bequemere Platzierung des Kopfes ermöglicht. Conny verändert die Position ihrer Füße, probiert auch da etwas Neues, etwas noch nicht Gehabtes aus, schiebt sie dann aber doch einfach nur wieder so weit es geht unter den Sitz des Vordermannes. Die Kopfhörer lässt sie auf und behält auch den klassischen Musikkanal bei, den sie zuvor beim Herumzappen angelassen hat. Die Augenbinde zieht sie noch etwas tiefer, so dass sich auch bei den Nasenflügeln keine Lichtstrahlen mehr einschleichen können.

Jetzt, denkt Conny, ist erst mal alles so weit gut. Das Einzige, was mich immer noch stört, ist die Luft. Diese Luft, denkt Conny. Dabei gibt es Fenster. So viele Fenster.

Irgendwie, denkt Conny, muss es doch möglich sein, das sich gleich neben mir befindliche Fenster zu öffnen. Auch wenn es nicht explizit eine Vorrichtung dafür gibt, denkt Conny, kann sie ja noch gefunden werden oder extra für mich entwickelt werden. Das sich gleich neben mir befindende Fenster nur ein ganz klein wenig zu öffnen, geht Conny durch den Kopf, das müsste doch zu schaffen sein. Die Öffnung bräuchte auch wirklich nicht groß sein. Ich muss das Fenster ja nicht gleich kippen können.

Ein Loch, denkt Conny, auch ein sehr kleines Loch, würde mir schon genügen. Mir würde es genügen, wenn ich meinen kleinen Mund über dieses kleine Loch stülpen könnte und ich dann wie ein Jungtier, welches durch das Saugen an der Zitze des Muttertiers an Milch herankommt, durch eine Flugzeugfensterzitze Frischluft anzapfen könnte.

Ja, denkt Conny, dann könnte ich regelmäßig meine Lippen über das kleine Loch stülpen und Frischluft ansaugen. Danach würde ich sicherlich ruhiger das Nichteinschlafenkönnen praktizieren.

Die Idee finde ich gut, denkt Conny.

Nur wie soll ich jetzt vorgehen, um so ein kleines Loch in das Flugzeugfenster zu bekommen?

Wenn ich die Spitze der Sicherheitsnadel, die jetzt noch meinen Rock zusammenhält, mit dem Feuerzeug aus meiner Handtasche erhitze, könnte ich doch bestimmt mit der bis zum Glühen erhitzten Nadelspitze zuerst ein Loch in den Fensterverdunkelungsstoff brennen und dann mit demselben Verfahren auch noch das Plastikmaterial des Fensters zum Schmelzen bringen.

Conny tastet nach der Sicherheitsnadel an ihrem Rock. Gut, denkt sie, dass ich zu faul war, den abgefallenen Knopf vor meinem Abflug wieder anzunähen. Schnell treibt Conny die Sache voran. Sie angelt nach ihrer auf dem Boden stehenden Handtasche, versperrt mit ihrer Rückenfront die Sicht auf das Fenster, erhitzt die Nadel, und schon hat sie ein Loch in den Fensterverdunkelungsstoff gebrannt. Doch als die Nadel gegen das Fenster stößt und sich ein Klick vernehmen lässt, zieht Conny die Nadel wieder zurück und überlegt, ob sie nicht lieber zuerst ihr Vorhaben mit der Stewardess bespricht.

Um ihr gleich zu Anfang schon zu schmeicheln, könnte ich sagen: Liebe Stewardesse. Ja, denkt Conny, Stewardesse klingt gut, klingt besser, wegen der klanglichen Endungsähnlichkeit mit dem Wort Delikatesse. Ich möchte Ihnen und mir eigentlich keine unnötigen Schwierigkeiten machen, und deshalb dachte ich mir, ich frage lieber erst einmal nach. Ich bin mir eigentlich sicher, aber so ganz sicher bin ich mir nun doch auch wieder nicht. Und falls Ihnen, liebe Stewardesse, das technische Verständnis dafür fehlt, wären Sie dann bitte so nett und fragen beim Piloten nach, und falls der das auch nicht weiß, kann der Co-Pilot bestimmt irgendwo hinfunken, um in Erfahrung zu bringen, ob es geht. Sie brauchen mir für mein Vorhaben auch kein Werkzeug zur Verfügung zu stellen, ich habe schon herausgefunden, wie es funktionieren könnte, wissen Sie, ich möchte mir einfach nur den Flug, diese Flugstunden, dieses so lange Im-Flugzeug-sitzen-Müssen etwas erleichtern und deshalb an dem Zustand der geschlossenen Fenster etwas ändern, falls Sie sich das vorstellen können! Ich meine, Sie müssen sich jetzt nicht die Mühe machen, sich das wirklich vorzustellen, das war jetzt nur so eine Redensart, vielleicht stellen Sie sich ja nicht so gerne etwas vor, oder nicht gerade so etwas wie ein offenes Flugzeugfenster, jeder ist da wahrscheinlich anders, anders veranlagt. Sie ganz anders als ich. Sie haben vielleicht die Fenster die ganze Zeit über lieber geschlossen.

So in etwa, denkt Conny, könnte es funktionieren.

Conny drückt die Taste, ein rotes Signal leuchtet auf.

Die Stewardess knipst das Signal über Connys Sitz aus und sagt: Was kann ich für Sie tun?

Eine Frau mit Tränensäcken und Pferdeschwanz versucht, mit zwei kleinen Kindern hinter der Stewardess vorbeizugehen. Die Stewardess tritt, zufrieden über die Geduld, die sie Passagieren gegenüber aufzubringen bereit ist, zur Seite und sagt höflich etwas zu einem der beiden Kinder. Sie sagt das mit einer Höflichkeit, bei der sich Conny wünscht, dass diese sich wenigstens von ihrer privaten unterscheidet, das hofft Conny wenigstens für sie, und das Kind, das nicht auf das Gesagte reagiert, hofft das vielleicht auch. Die Stewardess lächelt der Mutter zu und tritt wieder vor Connys Sitz.

Conny sieht der Stewardess direkt in die Augen, um herausfinden zu können, mit wie viel Verständnis für ihr Anliegen sie rechnen kann. In den Gesichtszügen der Stewardess liegt Unbeteiligtheit.

Liegt das jetzt an der Fluggesellschaft, die ich gewählt habe, oder an meinem Aussehen, denkt Conny. Liegt das etwa an meiner unreinen Haut? Conny ist enttäuscht. Nie habe ich herzliche Stewardessen, denkt Conny, meine schauen immer so drein, als ob sie mir einhämmern wollten: Das ist ein Routinejob, und Sie da, auf Ihrem Billigplatz, mit Ihrer Billigkleidung, sollen nichts tun, was diese Routine durcheinanderbringt.

Wieder einmal kann sich Conny von Stewardessen nichts erhoffen, auch nicht von der, die vor ihr steht. Sie hat weder etwas Herzliches noch etwas Zuvorkommendes, denkt Conny. Und an diesem Punkt muss Conny einsehen, dass die Stewardess ganz bestimmt nicht dabei ist, sich darauf vorzubereiten, mit cinem bezaubernden Lächeln den einen Satz zu sagen, den Conny so gerne aus ihrem perfekt geschminkten Mund hören würde, den Satz, der Conny vollends für sie einnehmen würde und der ungefähr so zu lauten hätte:

Sehr geehrte Vollständig-bezahltes-Ticket-Passagierin, da lässt sich ganz bestimmt etwas machen, ein bisschen Handlungsspielraum sollte bei so einem Langstreckenflug ja doch noch möglich sein, nicht wahr, und bei *nicht wahr* würde sie Conny kumpaninnenhaft zuzwinkern, wobei Conny dann, hocherfreut, ihr eine Kusshand hingeworfen hätte, aber nein, diese, Conny sieht es ein, wird kein Verständnis für das Vorhaben aufbringen.

Vielleicht sollte ich jetzt lieber Alkohol bestellen, denkt Conny. Eine große Menge Alkohol wäre auch gut geeignet, um meine aufkommende Panik, dass das Fenster nun doch nicht so schnell aufgehen wird, wie ich dachte, dass es aufgeht, zu mildern.

Jetzt sagt Connys Nachbar etwas zur Stewardess und deutet anschließend auf einen Ausschnitt im Frauenmagazin.

Das ist meine Stewardesse, du Hund, denkt Conny.

Die Augen der Stewardess beginnen zu funkeln, so stark, als würde sie den Nachbarn am liebsten gleich, wenn das Fenster denn aufgehen würde, über das Flugzeugfenster entsorgen wollen.

Wo bloß hat mein Nachbar da hingedeutet?, fragt sich Conny. Und jetzt geht sie, warum geht sie jetzt wieder, ich konnte ihr doch noch gar nichts mitteilen.

Connys Nachbar steht auf und geht der Stewardess hinterher.

Gut, denkt Conny, macht eine kurze Gedankenpause und denkt dann, soll er doch ruhig mit dem Verständnis vom Leben, das er aus Frauenzeitschriften gewonnen hat, der Stewardesse hinterhergehen. Viel Spaß!

Conny läutet noch einmal nach der Stewardess.

Eine andere Stewardess beugt sich über Connys Sitz, knipst zuerst den leuchtenden Punkt aus und sagt dann: Ja bitte!

Bekommen Sie eigentlich außer einer Gefahrenzulage auch noch eine Arbeitserschwerniszulage, eine für emotionale Ertragungserschwernis am Arbeitsplatz, also einen finanziellen Ausgleich für das, was Sie hier alles ertragen müssen, oder übernimmt die Fluggesellschaft wenigstens anteilig die Kosten für ein paar Therapiestunden, damit Sie bestimmte Vorfälle besser aufarbeiten können?, fragt Conny die Stewardess.

Warum fragen Sie, antwortet die Stewardess.

Weil ich gerne ein Loch in das Flugzeugfenster brennen möchte, sagt Conny.

Die Augen der Stewardess vergrößern sich, das hat zur Folge, dass es den Lidschatten einzwickt. Durch den eingeklemmten Lidschatten verrutscht auch gleich das äußere Erscheinungsbild der Stewardess. Die Stewardess sieht aus wie eine konkav oder konvex verzerrte Stewardess. Conny tut der Lidschatten, für den es jetzt so eng geworden ist, leid.

Vergessen Sie's, sagt Conny zur Stewardess, das war ein Scherz.

Die Stewardess schiebt ihr Kinn nach vorne.

Mir ist langweilig, ich sollte so etwas nicht tun, aber dass ich jetzt gleich von meinem Vorhaben wieder ablasse, haben Sie nicht ihrer Persönlichkeit, sondern Ihrem Lidschatten zu verdanken, der aber wiederum Ihre Persönlichkeit ausmacht, na, wie auch immer, egal.

Bitte, sagt Conny, nehmen Sie das, was ich gerade gesagt habe, nicht persönlich – oder doch? Falls Sie sich jetzt gekränkt fühlen – Conny streckt ihr die Hand entgegen – dann denken Sie sich einfach, ich bin pubertär.

Die Stewardess nimmt Connys Hand nicht an.

Conny zieht ihre Augenbinde wieder tiefer und denkt: Aber jetzt ganz im Ernst, das muss doch möglich sein, oder ist es tatsächlich nicht möglich, weil durch die Hitze, die das Reinbrennen erzeugen würde, noch so etwas Ähnliches wie Flüssigkeit erzeugt werden würde und dann blitzschnell, bevor überhaupt Luft reingekommen wäre, die offene Stelle am Fenster durch das, sagen wir mal, Hitzewasser oder durch den hohen Außenfeuchtigkeitsgehalt in der Luft zugeeist sein würde, ist es das, verhält es sich so und ist es deswegen nicht möglich, oder sind an den Fenstern Alarmanlagen, die dann im Cockpit blinken?

Man sollte, denkt Conny, nicht immer nur über etwas nachdenken, nachgrübeln oder mit jemandem darüber diskutieren, um herausfinden zu können, was möglich ist und was nicht.

Conny schiebt ihre Augenbinde hoch und kramt noch mal nach ihrem Feuerzeug.

Ein männliches Streusel (4)

Marie steht am Fenster und hält ein feuchtes Tuch in der Hand. Ich will, denkt Marie. Ich werde warten. Ich will wieder und werde trotzdem warten. Ich will wieder ein Ober- und Unterlippentreffen, ein Ober- und Unterlippenverfangen. Mir fehlen solche Sitzungen, Konferenzen von Ober- und Unterlippentreffen, in denen vorgestellt wird ein Produkt: die Zunge, ihre Flexibilität, ihre Beweglichkeit, wo alles Mögliche offen daliegt oder im Dickicht des Mundgetues verschwindet.

Marie setzt das feuchte Tuch an der linken Ecke des Fensterbretts an, wischt bis zur rechten Seite, wischt wieder zurück, wischt wieder vor, und denkt beim Wischen an seinen Mund. Wie sein Mundhaus suchte und sich das Warme schmal und breit machte. Wie seine Zunge, die nicht mit dem ganzen Mundhaus in ihr Mundhaus hinüberkonnte, sich bereit erklärte, als Nacktzunge in ihr Mundhaus hinüberzuwechseln. Wie die Zunge ungeschützt das Mundhaus verließ und vordrang, in ein anderes Mundhaus hineindrang, in dem schon eine Zunge lebte, ihre. Marie erinnert sich, wie sich ihre Zunge und seine Zunge, die sich für diesen Vorgang vorbereiteten, um zu Nacktzungen werden zu können, einschleimten, denn sonst sind die Zungen ja nur damit beschäftigt, Organzungen zu sein, nur einfache Organzungen, die vom Speichel feucht gehalten werden, um nicht auszutrocknen. Der Speichel übernimmt die Regenwaldfunktion, sozusagen die Luftfeuchtigkeit um den Zungenbaumstamm herum, feuchtet sie flüssig ein, mit einem konstanten Pegel, Feuchtigkeitspegel, der zu einem kleinen Fluss wird, der sich dann die Speiseröhre hinunterstürzt, damit die Luftfeuchtigkeit im Zahnwald auch weiterhin optimiert bleibt.

Wann, denkt Marie, wird mein Mundhaus sich wieder bewegen, vordringen, sich ausbreiten, als könnte der Mundraum das Warme als Ganzes vereinnahmen?

Marie presst ihre Zunge gegen den Gaumen, drückt den feuchten Stoff in ihrer Hand zusammen, vor sich nur das vom Denken losgelöste Empfinden. Wärme, sich ausdehnend, langsam. Nacktschneckenmaterie.

Marie fällt wieder ein, wie ihr Mund aus Lenzens Mund herausfiel und sich auf seinen Hals presste. Wie sie den Geschmack seiner Lippen, seiner Zunge absichtlich verlassen hatte, damit nicht mehr nur der Mund das tun konnte, was dem Mund zustand, sondern auch einmal die Nase das tun konnte, was der Nase zustand.

Wie man beim Tennis mit dem Arm ausholt, um möglichst viel Spannkraft erzeugen zu können, so holte Marie beim Einatmen mit ihrer Nase aus, als ihre Lippen auf Lenzens Hals herumrutschten, um möglichst viele Geruchsstoffe aufnehmen zu können. Als jedoch die ersten Geruchsschläge auf die gestrafften Innenwände der Nasenkammern trafen, hatte Marie sich noch in der Anspannungshaltung schon wieder die Erschlaffung herbeigewünscht. Marie hatte sich sozusagen auf die Nasenempfindungsstellen beißen müssen, ihren Kopf in Richtung Freiraum, freien Luftraum hieven müssen, und erst ab da konnte sie die Nasenempfindungsstellen wieder loslassen, um sie ihre Normalarbeit verrichten zu lassen. Marie wurde es ein vollständiges Verlangen, nicht noch weitere Geruchspartikel aufzunehmen. Lenz roch.

Er roch so, denkt Marie, als würde er sich nicht wie alle anderen von bekannten Lebensmitteln ernähren, sondern von was weiß ich. Wie, fragt sie sich, kann er nur so einen alten, uralten, muffigen Wohnungsmöbelgeruch über seine Haut nach außen tragen? Er ist doch kein Bewohner des Holzlandes, ein wurmmännlicher Holzlebling. Obwohl, denkt Marie, blass genug dafür ist er. Der Geruch, denkt Marie, den ich aufgenommen habe, kann nicht nur von der vielen Holzarbeit kommen, der war so tiefsitzend, so festsitzend, dass es mir gleich unheimlich wurde. Auf keinen Fall möchte ich wissen, wie oft er sich wäscht oder was er gerne isst, vielleicht sind es ja doch blasse Holztiere, die ihn sonst nur bei der Arbeit stören.

Doch trotz des Geruchs, denkt Marie, ist Lenz bei jedem Atemzug, den ich seither mache, immer wieder in meinen Körper mit hineingewandert, so dass nicht nur die gewöhnliche Luft meinen Körper anfüllt, sondern auch Lenz sich da noch mit hineinzieht, immer noch, und das, denkt Marie, spüre ich vor allem in meinem Magen.

Marie fällt aus ihren Überlegungen heraus, das Telefon klingelt. Sie geht zu dem kleinen, antiken Tischchen, nimmt den Anruf entgegen. Es ist der Kindergarten. Luc hätte sich übergeben müssen. Marie fragt nach, was geschehen sei. Der Kindergärtner sagt, er wisse es nicht, die Kinder hätten gemalt, sollten ihre Familien malen, und Luc hätte auf einmal gekotzt, auf die Buntstifte und die Zeichnung. Der Kindergärtner bittet Marie, Luc früher abzuholen.

C'est schrecklich, denkt Marie, räumt das Tuch auf, geht zur Garderobe, wählt die Schuhe mit der Gummisohle und den Mantel mit der Kapuze, zieht den Reißverschluss zu und fragt sich, könnte ich durch Lenz bei mir selber tiefer einziehen, mich tiefer in mich selber ziehen? Es kommt mir jetzt so vor, als könnte ich durch Lenz besser bei mir wohnen, als ich alleine, alleine mit Luc, bei mir wohnen kann. Könnte sie es wirklich?

Marie weiß es nicht. Es ist ihr, als müsste sie plötzlich den jahrelang so getragenen Scheitel wechseln, von linkstragend nach rechtstragend. Sie würde dann immer noch bei sich wohnen, aber doch auch auf der anderen Seite etwas haben, etwas Neues haben.

Und, denkt Marie, Lenz zu wollen, ist noch einmal etwas ganz anderes, als ihn zuzulassen.

Ein Date

Er steht abseits von der stillgelegten Springbrunnenskulptur. Conny erkennt ihn an der eierschalenfarbenen gesteppten Designerjacke und beschleunigt ihren Schritt.

Seine Blässe hat etwas Angepasstes, denkt Conny, nur könnte ich jetzt gar nicht sagen, warum ich das denke, warum ich das als Erstes denke. Mir fällt nichts ein, was ein *Ah ja, deswegen!* rechtfertigen würde. Mir fällt nur Resa ein, ihr Dann-gilt-es-nicht. Immer möchte sie, dass ich mir angewöhne, die Sachen genauer anzusehen, und jetzt zeigt es schon Wirkung. Woher also kommt diese Blässe, ist das jetzt eine Nächtedurchmachenblässe oder liegt das an der Jacke, an dem Stehkragen oder an dem bis nach oben hin zugezogenen Reißverschluss? Der Stehkragen und der bis nach oben hin zugezogene Reißverschluss geben der Jacke das Aussehen einer Uniform, und vielleicht verpasst das Uniformhafte der Jacke auch der Gesichtsfarbe etwas Eintöniges.

Conny steht vor ihm.

Vor ihm sieht die Jacke veraltet aus, denkt Conny, hat aber noch den War-aber-mal-etwas-Besseres-Charme.

Dass er pünktlich ist, freut Conny. Connys Schultern entspannen sich.

Nein, wenn du da schon warst, dann gehen wir da nicht mehr hin.

Conny zieht die Schultern hoch, schaut auf ihre Schuhe, auf ihre Schuhspitzen, die etwas nach oben gebogen sind und ein paar Regenflecken aufweisen. What a pity, denkt Conny. Jetzt setzt er seinen eigenen Vorschlag schachmatt. Die Idee ist doch imposant. Amusing. Einen solchen Vorschlag hat sie für ein erstes Treffen noch von niemandem gehört.

Warum macht er jetzt einen Rückzieher? Conny versteht das nicht. Bremst er jetzt sein Vorwärtspreschen ab, weil ich ihm für diesen Aufwand nicht mehr interessant genug erscheine? Ist er beleidigt, dass der Ort bei mir schon ohne ihn in meiner Erinnerung einen Platz hat, oder liegt es an dem Ambiente, das der Ort ausstrahlt, erscheint ihm das nun nicht mehr stimmig? Ist ihm das zu formell für ein erstes Treffen?

I don't believe it, denkt Conny, seit zwei Tagen freue ich mich schon auf den erneuten Besuch dieses Ortes, und jetzt soll das ins Wasser fallen? Soll ich ein Veto einlegen? Ist mir der Aufenthalt mit ihm genau an dem Ort wirklich so wichtig oder fällt es mir jetzt nur schwer, mich umzustellen, oder denke ich etwa schon wieder, dass das zwischen uns ja auch zu einer großen Liebe werden könnte, und dann würde der Aufenthalt mit ihm genau an dem Ort den Abend erinnernswerter machen, wenn ich wieder an den Abend zurückdenke und ich mir dann sagen könnte, dort hat alles begonnen? Sind mir solche Sentimentalitäten wichtig? Sind das Sentimentalitäten?

Hm, denkt Conny und blickt an ihm vorbei, in die Auslage einer Billigbekleidungsgeschäftskette. Auf einem Pappschild versucht sie, die neben dem Dollarzeichen mit rotem Edding geschriebene Sonderangebotszahl zu lesen, um entscheiden zu können, ob sie noch einmal hierher zurückkommen möchte. Conny kann nichts erkennen und schaut wieder in sein Gesicht, sieht ihm dabei zu, wie er an der Zigarette zieht.

Die Zigarette, denkt Conny, hat er bestimmt angemacht, um das Stillstehen, das Still-Dastehen-und-auf-mich-Warten, mit einer Beschäftigung zu füllen und um seine Unruhe, nicht unbedingt eine wegen mir, zu dämpfen, nur so, damit eine bestimmte Energie nicht gleich, nicht an Ort und Stelle, gelebt werden muss, sondern erst mal nur das Gedämpfte davon.

He is cute, denkt Conny, und sieht dabei zu, wie sich sein Mund öffnet, Rauch zwischen seinen Lippen herauskommt und mit ihm auch ein neuer Vorschlag. Dieses Mal etwas Alltäglicheres, Gewöhnlicheres, Wiederholbareres. Conny sieht, wie eine Verkäuferin ein drehbares Kleiderkarussell mit T-Shirts in den Laden rollt, stimmt dem Vorschlag zu, steckt eine Hand in ihre Hosentasche und umklammert den Lippenstift. Conny fallen Namen und Gesichter ein, mit denen gar keine Treffen zustande kamen.

Von zwei Tischmöglichkeiten lässt er Conny eine auswählen. Conny stimmt einem weiter hinten im Raum stehenden großen, rechteckigen Holztisch, Wirtshaustisch zu. Er biegt an der Längsseite des Tisches ab, Conny geht an der kürzeren Seite des Tisches weiter, biegt an der nächsten Tischecke ab und nähert sich ihm von der anderen Seite des Tisches kommend.

Wahrscheinlich weil er als Erstes am Tisch abgebogen ist, hat das dazu geführt, dass er als Erstes den Platz für sich und die daraus folgende Sitzkonstellation für beide festlegt. Für sich hat er die Stirnseite des Tisches, den Die-schützende-Wand-ist-hinter-mir-Platz, den Die-mögliche-Bedrohung-liegt-übersichtlich-vor-mir-Platz gewählt.

Conny wählt den Stuhl neben ihm, fasst an die Stuhlrückenlehne, zieht den Stuhl nach hinten. Er stellt seine Tasche darauf ab. Wie ist das jetzt zu verstehen, fragt sich Conny. Will er einen Stuhl zwischen uns? Conny weiß, dass Elternpaare manchmal ihr Kind als Distanzhalter zwischen sich ins Doppelbett legen, aber in einem Club einen Stuhl? Oder ist es wegen der Tasche? Will er die Tasche so nah bei sich?

Conny gibt auf, das verstehen zu wollen, und stellt ihre Tasche auch auf diesem Stuhl ab. Dann sollen sich halt erst mal die Taschen näherkommen, denkt Conny, und schlüpft aus dem Ärmel ihrer Jacke. Er macht Conny darauf aufmerksam, dass es neben ihr noch genug freie Stühle gibt für ihre Tasche und auch für ihre Jacke.

Conny will nicht am Anfang schon sein Verhalten zum Thema machen und unterdrückt es, ihn darauf anzusprechen. Sie greift nach ihrer Tasche, schwingt sie über die Tischplatte, stellt sie auf einem anderen Stuhl ab und legt auch ihre Jacke dazu. Er greift nach seiner Tasche, stellt sie auf den Boden, rückt den wieder frei gewordenen Gastronomiestuhl nach hinten und bietet Conny an, darauf

Platz zu nehmen. Conny nimmt den frei gewordenen Platz an und denkt: Ich werde nicht dem Wunsch nachgeben, daraus Rückschlüsse zu ziehen, die einen unvorteilhaften Ausgang für ihn hätten.

Wir haben noch gar nicht darüber gesprochen, was du, außer in dieser Stadt, sonst noch so machst? Und soviel ich weiß, habe ich dich nur nach deinem Namen gefragt und dir gar nicht gesagt, wie ich heiße.

Conny nickt.

Er stellt sich Conny mit Jack vor und fragt, ob sie studiert habe.

Conny erzählt ein bisschen von ihrem Werdegang und hat Mühe, es so zu erzählen, dass es sich nach etwas anhört.

Er blickt auf sein schon bis zur Hälfte geleertes Glas, bestellt bei der immer den Kopf nach links und nach rechts ausschwenkenden Bedienung mit einem minimalen Augenkontakt und einem minimalen Kopfnicken ein weiteres Bier und lässt Conny dann wissen, dass er schon mehrere Leute in seinem Leben getroffen hat, die dasselbe versuchten wie Conny: mit der Malerei Erfolg zu haben. Er erzählt Conny von den Personen, die damit erfolgreich geworden sind, und in welchem Maße sie damit erfolgreich geworden sind. Als nächstes erzählt er Conny von denen, die nicht erfolgreich sind, mit denen er aber aufregende Sachen erlebt hat. Er erzählt nicht welche aufregenden Sachen. An der Stelle wuschelt er nur seine Haare auf, was ihm ein jugendlicheres Antlitz verleiht und Conny Sex vermuten lässt. Weiter erzählt er Conny von den Personen, die nicht erfolgreich sind und mit denen er auch nichts Aufregendes erlebt hat. Über diese Personen lässt er

Conny wissen, ob sie gut mit sich selbst auskommen können, und falls das nicht der Fall ist, welche Schwierigkeiten diese Personen mit sich haben oder sich für ihn an ihnen erkennen lassen. Die Tätigkeit selbst scheint für ihn keine erwähnenswerte Bedeutung zu haben oder Fragen aufzuwerfen.

Er trinkt das letzte Drittel des Glases auf ex, hält nach der kopfausschwenkenden Bedienung Ausschau und bestellt dann bei einem mit neuseeländischem Akzent englisch sprechenden Bediener mit einem großen Schultertattoo ein weiteres Bier vom Fass.

Die Leute, die ich bisher getroffen habe, die dasselbe machen wie du, erklärt er Conny, waren meistens Frauen. Und unter ihnen gab es auch welche, mit denen ich schon etwas hatte, und einige Freunde von mir auch. Er lacht und sagt, eine davon haben schon alle gehabt, ich meine, alle aus meinem engeren Freundeskreis.

Conny dippt einen Tortillachip in die Salsasoße, öffnet ihre Lippen, zerbeißt den Chip so stark, dass ihr der Backenzahn danach weh tut.

Jetzt ist es Conny unangenehm, durch das Nebeneinandersitzen so einen deutlichen Einblick in das Dekolletee gewähren zu müssen.

Conny hält mit einem Arm ihren Ellbogen fest, der auf der Tischplatte liegt, legt ihr Kinn auf den offenen Handteller, um mit den gekreuzten Armen die Aussicht in das Dekolletee zu verstellen, und fragt nach, wie sein Tag denn so verlaufen sei. Er zeigt ihr sein Profil, kratzt sich am Oberarm und gibt seinen Wörtern den Anstoß, als wäre seine Zunge der Queue und die Wörter die Kugeln, die treffsicher irgendwo ankommen, hineinfallen sollen, um Punkte zu machen.

Conny weicht einer auf der Straße liegenden Metallplatte aus, greift nach dem Schultergurt ihrer Tasche, wechselt die auseinanderfallende Tasche zur anderen Schulter, so dass sie nicht störend zwischen ihnen steht, so dass er ungestörter neben ihr gehen kann, näher an ihrer Seite, falls er das wollte.

Conny steckt die Hände in die Jackentasche, spürt die zusammengeknüllte Papierserviette.

Gleich nachdem Jack aufgestanden war und sie sicher war, dass er sie nicht dabei sehen konnte, hatte sie sich ihre Lippen angemalt. Und als sie ihre aufeinandergepressten Lippen hin und her schob, damit sich die Farbe gleichmäßiger verteilen konnte, fiel ihr bei dieser Haut-auf-Haut-Reibung wieder ein, was Jack vorhin von der einen Frau erzählt hatte, und sie zog die Serviette aus dem Tortillachipkorb und wischte sich damit ihren Mund wieder ab, noch bevor Jack von der Toilette zurück war.

Jetzt hält Conny die Papierserviette in der Hand und hält nach einem Stadtabfallbehälter Ausschau, so dass sie nicht vergessen würde, sie wegzuschmeißen.

Kommst du noch mit zu mir oder ist es dir lieber, wir gehen in dein Hotel?

Um was zu tun?

Bist du jetzt so naiv oder tust du nur so? Du bist doch auch schon älter!

Conny schaut ihn verdutzt an.

Na gut, sagt er, dann begleite ich dich noch bis zur Metro, oder lässt sich da doch noch etwas machen? Willst du vorher noch woanders etwas trinken gehen?

In der Metro sitzend denkt Conny: Vielleicht hätte ich doch einfach an ihm riechen sollen, oder fragen, ob ich an ihm riechen darf. Jetzt hätte ich gerne so eine Erinnerung mit nach Hause genommen, wie er am Hals riecht, nah zur Schulter hin, oder an den Backen, nahe zum Ohr hin. Jetzt würde ich gerne wissen, wie sich seine Haut dort anriecht, nicht, damit zum Abschied doch noch etwas Nähe entstanden wäre, sondern um über den Geruch etwas anderes von ihm mit nach Hause nehmen zu können, etwas, das sich nicht verstellen kann, so wie seine Worte, die mir den Zugang zu ihm, in mir, verstellen, was ich gar nicht gewollt habe.

Er hat so schöne …

Er hat so schöne …

Und dann hat er auch noch so schöne …, denkt Resa.

Für Resa ist es ein Glück, dass sie dort hinschauen kann.

Wenn er es nicht sehen kann, schaut Resa dort auch länger hin, so lange es geht, sich diese roten Haare und diese Körperstellen an. Doch jetzt ist Resa in einem Gespräch mit Herbert, jetzt, findet Resa, geht das nicht. Resa kann jetzt nicht dem Herbert ihre Worte zukommen lassen und dabei woanders hinschauen. Das wäre für sie, als würde sie links blinken und dann aber doch rechts abbiegen. Außerdem möchte sie jetzt auch in Herberts Richtung schauen, so wie sie sich auch erhofft, dass Herbert in ihre Richtung hört und nicht links auf der Straße den einzelnen Fahrzeugtypen nachhört oder rechts den Basstönen der Musik lauscht oder in die Mitte nach innen rein horcht und sich fragt, was er von diesem Abend noch erwartet und was davon er höchstens noch erfüllt bekommen wird.

Resa weiß, dass, wenn sie redet, sie nicht unbedingt in Herberts Gesicht zu schauen braucht, damit Herbert sich angesprochen fühlt, aber sie tut es trotzdem, sie kann es nicht lassen, dort die Kommentierungen mitzulesen, dort mitzulesen, wie das, was sie ihm erzählt, ankommt. Resa liest gerne in Herberts Gesicht die Reaktionen ab, wie sich um seine Augen die Falten verschieben oder um seinen Mund, wie konzentriert er auf die Tischplatte schaut, um damit zu sagen, ja, erzähl' weiter. Auch dann, wenn Resa feststellt, Herbert sitzt weit zurückgelehnt da, weiter als sonst, und bringt mit dem Zurücklehnen zum Ausdruck, er höre sich das schon an, was Resa glaubt, ihm erzählen zu müssen, auch wenn es ihn nicht besonders interessiert, schaut Resa ihm dabei zu, beobachtet ihn.

Resa hat schon einige Male versucht, damit aufzuhören, Herbert ständig so direkt ins Gesicht zu schauen. Doch wenn sie Herbert nicht ansieht, wird sie unsicher und kläglich und will zurück zu dem, was sie sonst macht, sonst auch machen darf.

Ohne in seinem Gesicht den zweiten Sprachlevel mitlesen zu können, fällt es Resa überhaupt schon schwer, zu reden. Resa hat ein überzogenes, verspanntes Verhältnis zu Versicherungen, zu Rückversicherungen. Es muss Resa ersichtlich sein, dass etwas noch da ist, Körper immer noch da sind, Gesichtszüge immer noch da sind, als könnten, wenn Resa nicht schaut, hinschaut, ihrem Gegenüber die Gesichtszüge entgleisen, sich schlagartig in etwas Monströses verwandeln, und sie könnte dann, weil sie aus Nachlässigkeit nicht aufgepasst hat, dem Entgleisten unwiederbringlich ausgeliefert sein und einen Schaden davontragen.

Und nur wenn Resa schaut, schaut und schaut, das Normale mit ihrem Blick immer wieder bezeugt, bleibt alles normal, und auch dann noch, wenn Resa sieht, wie die Augen von Herbert nur unbestimmt in die Ferne schauen, über alles, was da vor ihm sitzt, hinwegschauen, als Reaktion darauf, was seine Ohren von Resa zu hören bekommen.

Ich habe Herbert noch nie gefragt, denkt Resa, ob es ihm unangenehm ist, dass er sich von mir so in Schach geblickt fühlen muss.

Oh, denkt Resa, er steht vor mir, jetzt schaue ich auf gar keinen Fall dahin, wo ich so gerne hinschaue, das geht jetzt gar nicht. Dafür muss er schon weiter weg stehen, so weit weg, dass er von mir aus perspektivisch gesehen kleiner ist, nur noch einen halben Meter groß. Man sollte nicht erkennen, wo genau ich bei ihm da so hinschaue. Vor allem er selbst nicht.

Außerdem ist Herbert jetzt mit mir im Gespräch, und wenn Herbert redet, dann schaue ich auch nicht länger zu ihm hinüber, das geht dann auch nicht. Würde ich länger wegschauen, würde das Herbert irritieren, sobald er es wahrgenommen hätte, müsste er etwas anderes denken, als er sagen, mir erzählen will. Das möchte ich nicht, denkt Resa, seinen Gedankenfluss unterbrechen. Vielleicht würde er dann auch sagen *Was ist denn los* oder *Was ist denn mit dir heute, du bist so unruhig*. Dann müsste ich lügen. Das würde ich gerne tun. Doch wahrscheinlicher würde ich in eine Rechtfertigung verfallen. Das tue ich ungern. Weil das mit einem Automatismus verbunden ist, den ich nicht kontrollieren kann. Im Gegensatz zum Lügen, das keinem Automatismus unterliegt und das ich deshalb kontrollieren kann. Ich möchte mich nicht erklären müssen, erklären, was denn gerade für mich wichtiger ist, als den aus seinem

Mund kommenden und dann von der Luft, so freundlich sich zur Verfügung stellenden Luft, weitergeleiteten Tönen zuzuhören, sie aufzufangen, bevor sie untergehen. Und sowieso werden nur ein paar davon in meinem Gedächtnis bleiben. Und die anderen, wo gehen denn all die ausgesprochen Wörter hin, die nicht von Gedächtnissen gespeichert werden? Gibt es Reiche für untergegangene Wörter, unterirdische Wortreiche, Wortfriedhöfe, Wortasche, Gesprächsaschen? Massengräber für das Wort *und*, für das Wort *und* mit oder ohne Fragezeichen?

Das Gespräch mit Herbert ist unterbrochen, es wurde von Herbert selbst unterbrochen, Herbert hat einen Anruf entgegengenommen. Herbert steht auf, geht zum Fenster, schaut aus dem Fenster.

Resa holt ihr Notizbuch, ihr schwarzes mit dem schwarzen Gummiband, aus der Tasche, schreibt: Wenn Henri in dieser Großstadt, in dieser Weltgroßstadt aus dem Hochhausfenster schaut und die Skyline sieht, panoramamäßig ausgebreitet vor sich sieht, muss das unbedingt verunsichernd auf Henri wirken.

Jetzt steht er in Resas Nähe, macht etwas mit seinen Händen, hält konzentriert etwas mit den Händen fest. Resa bemerkt das, schaut auf, schaut von ihrem Notizbuch auf, sieht die Gegenstände, die er mit beiden Händen hält, sieht ihm dabei zu, bei der Arbeit zu. Resa weidet. Schaut sich genauer die Farbe seiner Haut an, vernimmt, dass er schon braun gebrannt ist und die Grenze, wo das Braun aufhört und das Weiß beginnt, gar nicht zu sehen ist, sich nur vorstellen lässt. Jetzt weiß Resa nicht, wo sie sich diese Grenze denn gerne vorstellen möchte.

Er hebt den Kopf, er hebt den Kopf und schaut Resa an. So schnell, dass Resa nicht, bevor er es bemerkt hätte, wegschauen konnte. So schnell, als hätte er mit seinem Blick eine Pistole gezogen und es mit ihr genau auf Resas Augen abgesehen. Resa lächelt. Sie lächelt ein entschuldigendes Lächeln, ein Ich-habe-einfach-irgendwohin-schauen-Müssen. Schau, mein Gesprächspartner ist mit etwas anderem beschäftigt und ich habe – mein Blick war gar nicht zielgerichtet. Glaub mir.

Resa ist immer noch erschrocken darüber, dass er sie dabei erwischt hat, wie sie ihn ansieht. Resa merkt das an ihren Reaktionen, es ist nichts möglich, keine Vielfalt da, aus der sie wählen könnte. Resa lächelt entschuldigend weiter. Er lächelt zurück. Sein Lächeln heißt: Ich weiß, dass du mich schon länger angeschaut hast. Resa denkt, warum gibt er nicht mehr von sich preis, warum gibt er nicht preis, ob ihm der Blick zu eindringlich, zu aufdringlich ist, dass er nicht als Pin-up hier steht, vor mir steht?

Doch, denkt Resa, das Wahrscheinlichere, warum in seinem Blick nicht mehr auftaucht, warum er in seinem Blick nicht mehr preisgibt, ist, dass noch gar nicht mehr da ist, bis jetzt noch gar nicht mehr wachsen konnte, woher sollte das denn kommen, was sich zum Preisgeben überhaupt eignen würde. Mehr würde nur ich mir wünschen. Aber auch ich kann jetzt in meinen Blick nicht mehr Gefühl hineinlegen, denkt Resa. Auch ich kann meinem Blick nichts weiter hinzufügen, ihn steigern. Ich wurde wirklich überrascht, wie einen das Abbrechen einer Bleistiftspitze überrascht, da ich ihn nicht mit dem Wunsch angeschaut habe, dass er mich zurück anschaut, so wie man nicht anfängt, die Bleistiftspitze auf das Papier zu setzen, damit sie dann gleich abbricht. Resa schaut weg, zurück zu ihrem Notizbuch.

Ich ertrage es nicht, augenblicklich ertrage ich es nicht, denkt Resa, dass ich nichts, gar nichts weiß über ihn, nur, dass er schnell, sehr schnell seinen Kopf heben kann. Ob das für die Zukunft irgendwelche Vorteile hat? Wahrscheinlich ja, wenn wir beide von wilden Tieren bedroht werden.

Resa klappt ihr Notizbuch zu, steckt es zurück in ihre Tasche und denkt: So schnell, so unbeschwert werde ich jetzt nicht mehr zu ihm hinübersehen. Erst mal werde ich gar nicht mehr zu ihm hinübersehen. Jetzt ist ein Unbehagen da, dem Unbehagen habe ich einen bequemen Sessel angeboten, das Unbehagen hat Platz genommen, weil als Nächstes herauszufinden wäre: Gefällt es ihm, wenn ich ihn so einseitig betrachte? Ich werde das Unbehagen dort sitzen lassen und es samt Sessel aus dem Fenster werfen, ich bin nicht dazu bereit, jetzt irgendetwas herauszufinden. Ich will nicht damit konfrontiert werden, feststellen zu müssen, welche Reaktion von ihm mir mehr Angst machen würde. Es gibt keinen Grund, gar keinen, warum ich das jetzt herausfinden sollte, welches Resultat mir mehr Angst einjagen würde. So, wie man oft nicht weiß, was einem lieber ist, dass ein teures Paar Schuhe passt oder nicht passt, und man deshalb den Schuhladen lieber erst gar nicht betritt, wenn man in der Auslage ein schönes Paar Schuhe gesehen hat.

Herbert kommt zurück, sucht Resas Blick. Als er sicher ist, dass Resa ihm folgt, deutet er auf die Uhr, macht eine Kopfbewegung, legt seinen Geldbeutel auf den Tisch, schiebt ihn zu Resa herüber. Resa nickt. Herbert geht zur Tür. Resa sieht ihm durch das Fenster nach, wie er mit dem Rücken zu ihr die Straße überquert und sich auf der gegenüberliegenden Straßenseite auf eine Bank setzt, seine Beine fachmännisch überschlägt und das Telefon fachmännisch weiter am Ohr hält.

Resa wendet den Blick von Herbert ab.

Jetzt werde ich ihn doch noch mal anschauen müssen, denkt Resa, ich werde aber zu ihm an den Tresen gehen, ich möchte ihn nicht herwinken, zum Bezahlen an den Tisch winken, durch Winken das Dienstleistungsmerkmal aktivieren.

Resa steht frontal zu ihm. Er hat den Kopf etwas nach unten geneigt, seine Arme sind in Bewegung. Resa wechselt von seinen Armen zu seinem T-Shirt, Kapuzen-T-Shirt, geht am T-Shirt entlang nach unten. Außer dass ich ihm natürlich auch gerne in sein Gesicht schaue, denkt Resa, möchte ich jetzt lieber da hinschauen, wo seine Hüften sind. Doch ein Stück Tresen versperrt ihr die Sicht. Der Tresen hätte einen Tritt verdient, wegen ihm kann ich jetzt nicht in seinen Schritt schauen. Doch ein Tritt würde nicht ausreichen, ich würde mir nur die Zehen verstauchen.

Er hält still. Er schaut nicht auf. Hält er für mich still oder nur, weil er weiß, mittlerweile ja schon weiß, dass, wenn er den Kopf hebt, mir nur wieder derselbe Blick einfallen würde, das Entschuldigende, dass ich etwas einleite, anfange, beginne, aber dann weiter ausweiche. Oder schaut er jetzt nicht auf, weil jetzt, wo Herbert vor der Tür telefoniert, uns beiden nichts einfällt, wenn Herbert als Grenze nicht da ist, wie wir dann schauen sollen, uns anschauen sollen. Es wäre kein Witz mehr.

Resa spürt ein Vvvtt in ihrer Hosentasche. Sie sieht nach, eine SMS. Wollen Sonntag aufs Land, mein Geburtstag, sag Bescheid, wegen Autos organisieren. LG Marie.

Resa schiebt das Handy zurück in die Hosentasche, jetzt sieht sie, dass er breite Hüften hat. Das, denkt Resa, gefällt mir bei ihm besser, als wenn er schmale Hüften hätte.

Resa wird flau, augenblicklich flau. Resa schaut weg.

Wir müssen ins Theater, denkt Resa, auch wenn er nicht mitkommt.

Mir wäre es lieber gewesen, denkt Resa, wenn Herbert bezahlt hätte, obwohl, denkt Resa, mit Herberts Geldbeutel bin ich jetzt großzügiger mit dem Trinkgeld.

Ein Mann ohne Danach

In dem Gesicht der überaus jungen Bedienung ist eindeutig abzulesen, dass es ihn nicht im geringsten tangiert, ob Lenzens Begleiter den Namen des Cocktails richtig aussprechen kann, und dass er ihm mit seiner Frage, wie man ihn denn richtig ausspricht, gleich den Buckel runterrutschen kann. Dass er nun auch noch Gästen Unterricht geben soll in der Aussprache von Cocktailnamen, geht ihm eindeutig zu weit. Wenn man sich ins Nachtleben schmeißt, soll man Bestellungen beherrschen oder fairerweise zu Hause bleiben und bei laufenden Tonbändern üben. Es fehlt gerade noch, dass er laut wird, mit der Hand auf den Tisch klopft, sich zu den beiden hinunterbeugt und sagt: Was wollt ihr denn noch alles aus mir herausquetschen für den lausigen Stundenlohn. Für ihn ist es überhaupt schon eine mittlere Katastrophe, hier arbeiten zu müssen. Er benutzt eine Haltung, bei der jeder gleich kapieren kann, dass sein Interesse woanders liegt, auf einem anderem Gebiet, in dem er sich noch nicht etabliert hat, mit der Betonung auf *noch*. Er geht davon aus, dass so, mit dieser Haltung, auch jeder verstehen muss, dass ihm der Job zum Hals raushängt, außer ein

Depp, wie der, der da vor ihm sitzt; dass er keine geborene Bedienung ist, das kann der wohl nicht in seinen Schädel kriegen.

Weiter muss er sich selbst und die Gäste dazu verurteilen zu ertragen, was er selbst nicht erträgt. Das, denkt Lenz, während er in das verdutzte Gesicht von Laurent blickt, bekommt man so nur in einem bestimmten Alter hin. Zehn Jahre später würde diese Haltung so in seinem Gesicht nicht mehr abzulesen sein.

Die Bedienung kommt mit hohen bauchigen Gläsern mit bunten Strohhalmen und Holzstangen, die glitzernde kleine Streifen am Ende tragen, die den Charme eines ausgefransten Kindergeburtstags haben, und setzt dabei seine Haltung gekonnt fort. Ohne eine Spur in seinem Gesichtsausdruck, die einen Hinweis darauf geben könnte, dass er derjenige ist, der hier arbeitet, so, als wäre er nur ein Gast, der kurz etwas weiterreicht, stellt er die Cocktails auf den mit klebrigen Rändern übersäten und mit leeren Gläsern überfüllten Tisch.

Die meisten klebrigen Ränder sind sicher noch von gestern, denkt Lenz, falls er gestern auch hier gearbeitet hat.

Hallo Lenz.

Lenz dreht sich um, winkt zur Begrüßung und überlegt, ob er die Hand gleich oben lassen soll, weiß aber, dass es zwecklos ist, die Bedienung zu bitten, den Tisch abzuwischen. Ein muffiges Dann-geht-doch-woanders-hin kann er sich hier erlauben, der Laden ist immer brechend voll und er steht bestimmt mit dem Chef auf Du und Du, bei dem Aussehen, Lenz will nicht von ihm mit irgendeinem Kommentar zu einem Idioten abgestempelt werden; es ist wohl der falsche Ort, um so spät nachts Ansprüche einzuklagen.

Schade, dass seine Sprache nichts Lokalpoetisches hat, denkt Lenz, wie: Mit solchen Ansprüchen kannst du ja wieder zu deiner Mutter ziehen (oder aufs Land), aber nicht in dieser Gegend um die Häuser. So etwas würde Lenz gefallen, und vielleicht auch seinem Begleiter (der vom Land kommt). Aber das, denkt Lenz, können wahrscheinlich nur die dafür geborenen Bedienungen.

Die knalligen Farben der Cocktails schwappen hinter der Glaswand und leuchten noch ein Stück weit in den dämmrigen, verrauchten Raum hinein.

Lenz benutzt einen feuchten Bierdeckel. Die vollgesaugte und farbig bedruckte Reklame der Brauerei pult er, kleine Kügelchen drehend, dabei an einen Skarabäus denkend, ab und pappt sie dann auf der dunklen Holzplatte auf die klebrigen Glasrandspuren; auch wenn er weiß, dass die Bedienung diese Anspielung nicht verstehen wird.

Laurent greift nach seinem Glas, nimmt einen Schluck und stellt es gerade zurück auf den Tisch, als Lenz ihn fragt: Was denkst du über das Verhalten von Männern, von denen man annimmt, wenn man sie sieht, dass sie die ganze Zeit über schauspielern? Tun sie das, um mehr erreichen zu können, und kommt dir das, was sie erreichen wollen, dann genauso künstlich vor wie ihr Auftreten, oder worin würdest du so ein geziertes Verhalten begründet sehen?

Wenn Lenz gewusst hätte, dass Laurent so lange für eine Antwort braucht, dann wäre er doch lieber auf der Party geblieben, um nicht noch länger dieses Schweigen vor sich haben zu müssen.

Sie waren alle auf der Party, Resa, Herbert, Conny, Marie und Laurent, Maries Bruder, der Marie gerade besucht. Und mit Lenzens Hilfe und überzeugend klingendem Nachdruck sind die anderen ihnen dort dann verloren gegangen.

Lenz gähnt und überlegt, wie er um diese Uhrzeit noch am besten nach Hause kommt, aber da er am liebsten mit Laurent nach Hause will, wartet er noch weiter, geduldig auf das, was Laurent zu seiner Frage zu sagen hat.

Lenz versucht, auch das nächste Gähnen zu unterdrücken und fragt sich gerade, ob Laurent wohl plant, eine Umgehungsstraße zu benutzen, die erst noch gebaut werden muss, als er sieht, dass Laurent rot wird und seinen Mund öffnet.

Es wäre vielleicht gerade noch so gegangen, dass Laurents Antwort das von Lenz eröffnete Gespräch interessanter gemacht hätte, als Lenz es beabsichtigt hatte, das hätte Lenz vielleicht gerade noch so verkraftet, dass jemand dafür eine Fähigkeit hat, ein Gespräch interessanter zu machen, als er selbst es zu gestalten beabsichtigt hat, das trifft Lenz ja auch nicht alle Tage, aber es gibt Grenzen, Grenzen der Grausamkeit. Lenz hat die Frage nicht so aufrichtig gestellt, wie Laurent sie beantwortet hat, und das hätte Laurent berücksichtigen sollen. Daher kommt es, dass Lenz das, was aus Laurents Mund kommt, kalt erwischt. Laurents Antwort reißt Lenzens bisherigem Verhalten die Grundlage weg.

Laurent sieht die Bedienung an. Laurent sieht die Bedienung so an, dass Lenz sehen kann, dass Laurent die Bedienung ansieht, und sagt zu Lenz, Du, ich werde noch bleiben, dieser Typ gefällt mir, und ich hoffe, bei zwei oder drei weiteren Cocktails gefällt er dann nur noch mir.

Auf dem Weg zur Nachtbushaltestelle fängt es an zu tröpfeln. Lenz wirft sich die Kapuze seiner Jacke über den Kopf, zieht den Reißverschluss zu und fängt an, sich zu fragen: Wie kann man im Herzen stets lachen und scherzen?

Ein männliches Streusel (5)

Marie macht die Nase weiter auf. Sie ist erstaunt, dass der Flieder es immer noch schafft, Duftstränge abzusprühen. Gegen Ende wird der Duft sogar noch süßer, beißend süß, so, als würde er etwas mitteilen wollen, oder war das schon der Tod, der etwas mitteilen wollte? Will der Tod sagen, ich bin es, ich beiße jetzt das Leben ab, und gegen Ende sogar mit süßester Freude, stündlich. Stündlich esse ich jetzt einfach dem Fliederduft seinen Körper auf, und bald wird nichts mehr davon übrig sein.

Nun macht Marie auch noch ihre Augen auf, dreht ihren Kopf zur Seite, schaut auf den Wecker, halb sieben. Ich habe noch eine halbe Stunde, bevor ich aufstehen, Luc wecken, ihn anziehen und zum Kindergarten bringen muss.

Marie widmet diese Zeit, als gäbe es für jeden ein persönliches Guten-Morgen-weck-dich mit eigenem Kreuzworträtsel, ihrem Kreuzworträtsel. Er hat wieder nicht angerufen, obwohl er es versprochen hat, denkt Marie. In einem kleinen, quadratischen Kästchen kann sie in Druckbuchstaben lesen: Bilden Sie fünf Sätze. Bilden Sie Sätze, die zwingend nach unten gehen. Fünf, denkt Marie, mehr nicht, dann steh ich auf.

Irgendetwas ist für ihn also so jetzt besser, denkt Marie, wenn er das Nichtanrufen als Form wählt. Alle Telefongespräche davor waren auch schon Katastrophen. Erdbeben können es auch nicht besser machen. Erdbeben können auch kein besseres Ergebnis zustande bringen als wir mit unseren Telefongesprächen. In unseren Gesprächen zerbrachen wir immer wieder die Form in eine Form, die aussieht, als hätte sie keine, einen Inhalt auch nicht, als könnte unsere Gesprächsform keinen Inhalt halten, oder ist es umgekehrt, wird dem Inhalt keine eigene Form erlaubt? Ohne Form also wird Inhalt hin und her geschoben, aufgebrochen, vernichtet, und so auch unsere Verabredungen. All die geplanten Verabredungen, die so schönstolze Besitzernamen haben wie Samstag, Dienstag, Mittwoch, gehen unter, gehen noch bevor wir bei diesen Besitztümern angekommen sind, unter. Gehen unter, wegen dem neuen Herrscher, der sich Verschiebung nennt, der die Grenzen trübt und vor allem auch die Schönheit, die in Grenzen blühen kann, nur in Grenzen blühen kann.

Besser ist die neue Form des Nichtanrufens als allererstes Mal also nur für ihn, denkt Marie, das ist die erste Bedeutung, der erste Satz, der nach unten führt. Es impliziert nicht, dass es auch in meinem Interesse ist.

Denn die Form des Nichtanrufens hat auch etwas Ausschließendes, mich Ausschließendes. Und der Gedanke *Es ist besser so*, den ich mir bei ihm gut vorstellen kann, hat nicht nur etwas Ausschließendes, sondern auch etwas Abschließendes, denkt Marie.

Für mich bringt das nichts Gutes, ich muss mich nun wieder an ein Vielleicht-wird-es-ja-auch-mit-der-Zeit-wieder-besser-für-mich gewöhnen. Wie langweilig. Comme c'est ennuyeux.

Ich komme mir vor, als hätte ich mich, wie nach den Schulferien falsch eingestuft, einfach in die falsche Klasse zu ihm hineingestuft, und jetzt ist die Falscheinstufung aufgedeckt worden, und ob ich mich nun hinunter- oder hinüberstufe, steht mir noch bevor.

Er hat so schöne ... (2)

Er hat *bis ganz bald* gesagt.

Seinen Gesichtsausdruck konnte ich dabei nicht sehen. Ich weiß nicht, wo ich wieder hingeschaut habe. Auf den Erdbeerkuchen in der Kuchentheke? Auf meine kleine Geldbörse, die ich nach der Rückgabe des Wechselgeldes nicht sofort wieder zubekommen habe? Auf die Uhr, ich bin spät dran?

Resa hängt den Henkel der Handtasche um die Stuhllehne, setzt sich. Das Aufschlagen des Metalls der Stuhlbeine auf den Steinplatten verschreckt Sperlinge, sie fliegen gemeinsam auf, ziehen in einen Busch ein und zwitschern, wie Resa findet, ungehörig – weil so ausgelassen – laut.

Jetzt habe ich nur noch seinen Tonfall im Kopf, und das, wo ich immer so aufgeschmissen bin, wenn mir die Möglichkeit genommen wird, etwas in einem Gesicht mitverfolgen zu können, um darin absehen zu können, wie jemand etwas gemeint haben könnte.

Ich muss ehrlicher mit mir sein, denkt Resa. Ich habe mir die Möglichkeit selber genommen. Ich war gar nicht so mit Woanders-Hinschauen beschäftigt, sondern nur wieder damit, einfach nur wieder mit meiner Haltung, die ich im Kopf entwickelt und zu lang belichtet habe. Ich war wieder nur mit dieser Überbelichtung beschäftigt. War damit beschäftigt, im Kopf eine Verrenkung zu machen, eine Verrenkung hinzubekommen. Ich wollte, dass es mir nicht weiter wichtig ist, ihn anzusehen, und zu dieser Verrenkung gehört, dass das Wahrnehmen meines Gegenübers komplett ausgeschlossen wird. Sonst bekomm' ich das ja nicht hin.

Ich wollte mir nicht schon wieder die Blöße geben, dass ich gerne in diese Augen schaue. In diese schrägen Augen, die so anziehend auf mich wirken, mit diesen äußeren Enden, die so stark nach oben verrutscht sind.

Manche Leute verspüren den Impuls in Hotelzimmern, oder schon auf den Gängen der Hotelzimmer, schief hängende Bilder, also Bilder, die nicht in ihrem Besitz sind, gerade rücken zu wollen, und Resa hat bei seinen schiefen Augen den Wunsch, dort eine schlüsselanhängerkleine Wasserwaage anzulegen. Resa möchte feststellen, wie schräg seine Augen in der Gesichtsebene liegen. Resa würde das jetzt gerne feststellen, um den Beweis zu haben, dass wenigstens die eigene Wahrnehmung in Bezug auf die Schräge der Augen stimmt, um wenigstens das, wenn schon nichts anderes, zementieren zu können, wissenschaftlich genau, sein Augenphänomen festklopfen zu können.

Jetzt, denkt Resa, hätte ich gerne die Schlüsselanhängerwasserwaage bei mir, genau die, die ich letztens mit Herbert in einer Brauerei gesehen habe, die, die den Namen von Herberts Lieblingsbier trägt, die ich mir aber nicht von Herbert habe kaufen lassen, weil ich damals dachte, wozu könnte man denn Schlüsselanhängerwasserwaagen gebrauchen, bestimmt zu nichts. Obwohl sie mir gefallen hat, weil mir Wasserwaagen an und für sich gefallen, wegen der eingeschlossenen Luftblase, die immer für einen Ausgleich sorgen kann, den richtigen Ausgleich, wenn etwas aus dem Lot gerät, wenn man bereit ist, den Maßstab des Lots, des Imlotseins zu akzeptieren. Und so etwas dabeizuhaben, bei mir zu tragen, finde ich im Allgemeinen beruhigend. Die Möglichkeit zu haben, sagen zu können, so, jetzt ist es wieder im Lot. Und dann kann man schon mal einen Punkt machen. Der das Eine von dem Anderen trennt. Oder einen Schnitt machen, den man stehen lassen kann. Und nach dem Punkt fängt etwas Neues an.

Resa verrutscht den Stuhl, so dass er wieder unter dem Schatten des Sonnenschirms zu stehen kommt, eines Sonnenschirms mit aufgedruckter Zigarettenreklame.

Ich kann mich noch an das Lächeln erinnern, denkt Resa, das Lächeln, das, nachdem er das *bis ganz bald* ausgesprochen hatte, sich auf seine Lippen gelegt hatte. Es ist ein Lächeln, das ich schon kenne. Eines, das zwischen kindlicher Freude, die auftrumpft, und undurchsichtigem Humor hin und her pendelt. Doch an seinen Mund oder an seine Lippen kann ich mich nicht erinnern. Ich weiß nicht, ob die Kontur seiner Oberlippe in der Mitte mit einer feinen Linie etwas tiefer geht, oder ob sich dort ein gerader Verlauf befindet. Das weiß ich nicht, weil ich immer auf seine Zähne schaue und die Lippen dann ganz außer Acht lasse. Seine Zähne kenne ich gut, vor allem die obere Reihe, und da wieder vor allem die Schneidezähne. Weil ich mir ihn immer vorstelle, wie er beißt, zubeißt. In Oliven, in Brot, in Obst, vor allem in Obst.

Resa schüttet etwas Zucker auf die Kuchengabel, schleckt sie ab, legt das aufgerissene Zuckerpäckchen, das nur halb verbrauchte, in den unbenutzten Aschenbecher und schaut auf die Uhr.

Mir ist nicht klar, warum Jürgen so lange auf der Toilette bleibt.

Immer diese Rätsel, denkt Resa. Ich sollte einmal darüber nachdenken, auch über die Gründe, die vielen Gründe, warum ich immer so viel Zeit damit verbringe, über etwas zu rätseln. Ein anders Mal, denkt Resa, jetzt lieber darüber, wie er das *bis ganz bald* gemeint hat. Und wie hat er es jetzt gemeint? Hat er es alltäglich gemeint, oder ist das die größtmögliche aussprechbare Herausforderung, wenn jemand schüchtern ist? Und wer legt mir jetzt sein Testergebnis vor? Oder wollte er mit dem *bis ganz bald* heraufbeschwören, dass es einen Anschlusspunkt geben muss? Wollte er damit sagen, dass man mit einem *bis ganz bald* sich jetzt schon wieder vorstellt, dass das, was jetzt aufhört, wieder weitergeht, und sollte ich mich deswegen hinreißen lassen zu denken, wie süß, er will mich daran erinnern, nicht zu vergessen wiederzukommen?

Resa trinkt das Glas Leitungswasser nun doch aus, schaut nochmals auf die Uhr und denkt: Jürgen, Jürgen, Jürgen.

Es reicht also nicht, denkt Resa, wenn man nur die Wörter hört, es reicht nicht, wenn man auch noch den Tonfall hört, und wahrscheinlich hätte es bei mir auch nicht gereicht, denkt Resa, wenn ich seinen Gesichtsausdruck gesehen hätte, um verstehen zu können, mit welcher Empfindung er das *bis ganz bald* ausgesprochen hat. Immer wieder passiert es mir, denkt Resa, dass ich den anderen nicht wahrnehme, weil das wahrzunehmen, was ich empfinde, wenn ich jemandem gegenüberstehe oder gegenübersitze, die Wahrnehmung übertönt, die ich für ein umfassenderes Aufnehmen des Gegenübers bräuchte. Zumindest hatte es es bei dem Moment mit ihm übertönt. Man müsste neutraler sein, denkt Resa, dabei möchte man nicht noch neutraler sein, als man die meiste Zeit schon ist, aber es würde beim Aufnehmen des anderen helfen.

Habe ich mich jetzt von einem *bis ganz bald* anstechen lassen? Habe ich mich jetzt stechen lassen, über das Ohr ins Herz?

Resa überlegt, ob es Sinn hat, macht, alleine hierher zurückzukommen.

Ich weiß nicht, was ich will, denkt Resa. Was will ich denn? Seine Haare. Seine schönen roten Haare, will ich in seine Haare fassen, fassen dürfen? Bin ich neidisch auf den Wind, der es sich leisten kann, jederzeit erlauben kann, von jeder Seite erlauben darf, in seine halblangen rötlichen Haare zu fahren?

Ihm fehlt jetzt der Wind, denkt Resa. Schweißtropfen laufen an seinen Schläfen herunter, und bestimmt stauen sich auch Tropfen im Nacken, unter den Achseln. Und kein Wind ist da, der ihn trockenpusten, den Nacken kühlen, die Stirn beleben könnte. Er muss jetzt nach einer Serviette greifen, nach aufgewärmtem Papier. Das ist zwar saugfähig, kann aber nicht so schmeichlerisch mit seiner Haut umgehen, wie Wind das könnte. Der Wind wäre eine bessere Lösung.

Ich kann die Götter verstehen, denkt Resa, warum sie sich verwandeln, denn wie schwer ist es denn, sich einem Menschen als Mensch zu nähern? Dann muss man sich ja auch als Mensch wieder trennen. Und nach der Trennung diesem Menschen auch wieder als Mensch begegnen, und das auch noch wenn möglich mit Anstand. Das kann ein Wind besser. Wie der sich trennt und dann wiederkommt, unerkannt bleibend als derselbe, und sich einem neu aufdrängt. Wenn ich das nächste Mal eine herunterfallende Sternschnuppe sehe, muss ich mir unbedingt die Verwandlung in einen Wind wünschen.

Ich als Wind. Er würde in mir stehen bleiben. Dankbar bei der Hitze. Einen weiteren Knopf seines Hemdes öffnen, ein andermal sein T-Shirt lüften. Diese dunkelblauen T-Shirts mit Kapuzenkragen und diese hellgrauen Hemden. Nie ist etwas anderes an ihm zu sehen als dunkelblaue T-Shirts mit Kapuzenkragen oder hellgraue Hemden, immer in Kombination mit dunkelblauer Jeans und sandfarbenen Wildlederturnschuhen. Unter den dunkelblauen T-Shirts die Brustwölbung, weich, fleischig, unangespannt. Unter den hellgrauen Hemden, wenn das Licht günstig einfällt, Körperkonturen, die Kontur von der Achsel Richtung Hüfte, Lende.

Als Wind könnte ich es mir auch erlauben, mir herausnehmen, in sein Haar zu fahren, wild, sanft, es bacchantisch zurückblasen, wie ich es wollte, und ich würde dabei nicht Gefahr laufen, dass er mir deswegen auf die Finger klopft. Unmöglich, ihm jetzt als Mensch ins Haar zu fassen. Unvergönnt bleibt es mir jetzt, so eine Situation aufzubauen, innerhalb von Sekunden, eine Atmosphäre herzustellen, die so eine Berührung erlaubt. All diese verlorenen Momente. Ich erinnere mich.

Jürgen kommt von der Toilette zurück. Resa sagt: Ich habe schon bezahlt, aber noch nicht für dich. Ich bin schon zu spät. Ich warte aber noch, bis du bezahlt hast, dann können wir noch ein Stück zusammen laufen, ich begleite dich noch bis zur U-Bahn. Es ist aber besser, wenn du zum Bezahlen reingehst.

Warum sage ich das, denkt Resa, ich muss auf der Stelle los. Resa schaut auf die Uhr. Wie schnell kann ich die Strecke schaffen? In fünf Minuten schaffe ich das nie. Wie viel brauche ich, zwanzig, fünundzwanzig? Es ist unhöflich, Herbert warten zu lassen, wenn er mich schon mit dem Auto abholt. Herbert holt mich mit dem Auto ab und ich bin dann nicht da, wie unhöflich.

Er muss halt lernen zu warten.

Ankunft

Conny steigt Treppen hoch. Conny steigt die Treppen langsam hoch. Conny steigt die Treppen langsam hoch, weil sie bei jeder Stufe das Gefühl hat, sie geht unter. Conny beschließt, jede Stufe noch langsamer zu nehmen, und nimmt jede Stufe noch langsamer. Das Gefühl bleibt. Ein anderes kommt noch dazu. Das Gefühl der Schwere. Conny kommt sich schwer vor, schwerer als sonst, um Unmengen schwerer als ihr Gepäck.

Wegen dem Zurückkommen, denkt Conny, dem Nachhausekommen in das ungewollt Gewohnte, können Druckstellen entstehen, können auch schwarmweise entstehen, entstehen schwarmweise.

Conny steigt weiter hoch.

Das Gepäck schneidet weiter Striemen in Connys Handteller.

Die Ankunft schneidet weiter Striemen in Connys Kopf.

Am liebsten, denkt Conny, würde ich mich unter der Treppe verkriechen wollen, um dem Zurückkommen, dem Nachhausekommen auskommen zu können. Es würde mir auch nichts ausmachen, wenn ich mich dort so lange aufhielte, versteckt aufhielte, bis jemand anderes in meine Wohnung eingezogen wäre.

Als ob das Treppenhaus eine tatsächlich in Frage kommende Alternative zu Connys Wohnung ist, mustert Conny die Treppe, nach Unterschlupfmöglichkeiten.

In Connys Abwesenheit hat sich etwas verändert. Über den abgeschundenen Holztreppen liegt jetzt ein dunkelrotbrauner PVC-Belag. An dessen Enden sind kleine Nägel zu sehen, die die neue Auslegware fest nach unten drücken, zum Liegenbleiben hindrücken. Die Wölbungen, die durch die Nägel entstehen, erinnern Conny an die Schönheitsverzierverletzungen, die bei afrikanischen Stämmen in die Haut geritzt werden, so gleichmäßig sind auch diese hier, denkt Conny.

Conny versucht, einen Platz zu finden, der wohnlich genug aussieht, um es dort eine gewisse Zeit aushalten zu können.

Soll ich mir aus der neuen Auslegware einen Kokon basteln, fragt sich Conny, und ihn wie eine Hornissenwohnraumbeule irgendwo unter die Treppe pappen? Bevor Conny sich noch überlegen kann, an welcher Stelle sie den PVC-Belag wegreißen soll, um ihn anfassen zu können, um besser beurteilen zu können, wie wohnlich es mit ihm werden würde, holt sie der Geruch ein, der schon vorher da gewesen sein muss, den Conny aber vor lauter In-Gedanken-Sein noch gar nicht wahrgenommen hat. Es riecht nach nachgewärmtem, von der Sonne, die in den Hausflur fällt, aufgewärmtem Urin. Von unten, von den Briefkästen her. Wahrscheinlich, denkt Conny, erreicht jetzt nur noch der äußere Rand des Geruchs meine Nase.

Ein Nachbar von Conny pisst immer unter die Briefkästen.

Vielleicht, denkt Conny, weil er keine Post bekommt, pisst ihn das so an, dass er das immer wieder unter allen anderen Briefkästen zum Ausdruck bringen muss.

Wäre der Urinmarkierer aus einer jüngeren Generation, denkt Conny, würde er sich damit zufriedengeben, zu krakeln, mit Tags irgendwelche Stellen im Haus zu markieren. Das Haus zu taggen.

Die Tags wären geruchsneutral und würden sich nicht, zumindest nicht nasenmäßig, in meine Ankunft einmischen, und was noch wesentlicher wäre, mich nicht wieder von der Idee, unter der Treppe wohnen zu wollen, abhalten.

Dennoch, denkt Conny, wenn ich jetzt genauer darüber nachdenke, ist seine Art zu markieren umweltfreundlicher. Wenn ich für die Hausreinigung zuständig wäre, würde ich zwar lieber Farbstellen mit Spiritus wegwischen als seinen Urin aufwischen, aber trotzdem ist der Urin leichter abbaubar.

Soll das als Form verloren gehen, fragt sich Conny, so dass dann alles von moderneren Markierungstechniken ersetzt wird? Soll ich froh sein, dass ich noch in einem Hausbiotop lebe, in dem sich das Gleichgewicht von verschiedenen Markierungstechniken einigermaßen hält? Es gibt ungefähr zu gleichen Anteilen die Wortschriftmarkierer, die besoffenen Lautmarkierer und die leisen Urinmarkierer.

Er ist wirklich, jetzt, wenn ich darüber nachdenke, denkt Conny, nie laut, immer leise, schleichend leise. Er trägt Jacketts, die zu eng sind und deren Ärmel zu kurz sind. Die zu kurzen Ärmel unterstützen noch das Leisesein, denkt Conny. Geräusche haben auch Körper und wollen hie und da auch Körper, in denen sie sich ausbreiten können; beim Leisesein kann der Geräuschkörper nicht so viel Platz einnehmen, wie er einnehmen könnte, und so verhält es sich auch mit seinem Körper, denkt Conny, sein Körper kann sich auch nicht gänzlich ausbreiten, in einem zu engen Jackett mit zu kurzen Ärmeln. Er zieht auch immer die Schultern hoch, denkt Conny, als könnten die hochgezogenen Schultern die Ärmel trickweise nach unten rutschen lassen. Dabei bewirkt der Trick mit den hochgezogenen Schultern nur, dass man nicht nur wahrnimmt, dass die Ärmel immer noch zu kurz kommen, sondern die ganze Haltung wirkt dadurch wie zu kurz gekommen. Das Schulternhochziehen, denkt Conny, kommt mir bei ihm so vor, als würde man versuchen, die Stimme hochzuziehen, so hoch, dass sie niemand mehr hört, hören kann.

Soll ich ihm ein größeres Jackett schenken, fragt sich Conny. Oder würde er sich darin nur überschwemmt vorkommen. Überschwemmt vorkommen müssen, mit so viel frei gewordenem Platz. Vielleicht könnte er mit so viel frei gewordenen Platz dann, wie unter Wasser, die Grenzen nicht mehr spüren, was ihn bedrohen und ihm vielleicht sogar das Gefühl geben würde, zu klein zu sein für das größere Jackett. Wohingegen ihm das zu kleine Jackett wohl das Gefühl gibt, größer zu sein, denkt Conny, eigentlich mehr Platz zu brauchen, auf alle Fälle zu groß zu sein für eine bestimmte Form, für diese kleine Form seines Jacketts. Conny kann sich vorstellen, dass er das Gefühl, zu groß zu sein für das zu kleine Jackett, bevorzugt, anstelle sich zu klein für das größere Jackett vorkommen zu müssen. Wodurch sich die Überlegung, ihm ein Jackett zu schenken, erübrigt.

Conny fühlt sich bei diesen Gedanken selbst dabei ertappt, wie leicht man dazu verführt werden kann oder sich selber verführt, durch Hilfe Normanpassung zu kaschieren.

Conny steht vor ihrer Wohnungstür.

Ich bin angekommen, denkt Conny, da, wo ich nicht hin wollte, vor meiner Haustür. Conny steckt den Schlüssel ins Schloss, er passt.

Schade, denkt Conny, dass jetzt dieselbe Auslegware, die für das Treppenhaus benutzt wurde, nicht auch gleich noch weiter nach innen, in meinen Gang, in meine Küche, in mein Bad, in mein Schlafzimmer, in mein Wohnzimmer mit hineinverlegt worden ist, so dass ich auch da jetzt beim Betreten denken könnte: Seit meiner Abwesenheit hat sich etwas verändert.

Noch lieber wäre mir allerdings Asphalt, denkt Conny, wenn sich da jetzt Straßenasphalt über den Gang, ins Bad, in die Küche, ins Wohnzimmer, ins Schlafzimmer hineinverteert vorfinden ließe. Ein tiefschwarzer Straßenasphaltboden mit einem aufgemalten weißen Mittelstreifen, der parallel zu dem der Hauptverkehrsstraße verlaufen würde, und wenn ich im Schlafzimmer dann auch noch einen Zebrastreifen vor meinem Bett vorfinden dürfte, würde mir das jede weitere Ankunft erleichtern.

Conny überlegt, ob sie beim Straßenverkehrsamt anrufen soll und bei der Hausverwaltung die Erlaubnis einholen soll, damit sie in die Wege leiten könnte, dass die Straße zukünftig auch ein bisschen innen verlaufen wird.

Soll ich mich jetzt schon freuen, fragt Conny sich, dass ich zukünftig in einem auf schwarzem Asphaltboden stehenden Bett aufwachen kann und von dort aus einen in der Ecke stehenden Straßenbesen, einen von denen mit den großen, roten Borsten, sehen kann?

Conny stellt ihr Gepäck auf den vom Vormieter abgezogenen Holzdielen ab, begutachtet die roten Striemen in den Handtellern, öffnet die Tür zum Badezimmer, tritt ans Waschbecken, wäscht sich die Hände und schaut in den Badezimmerspiegel.

Badezimmer ist eigentlich übertrieben, denkt Conny, eigentlich ist es, wenn die Dusche, das Waschbecken und das Klo entfernt würden, eine Abstellkammer, eine Speisekammer. Genau das nämlich, was es früher war. Die frühere Atmosphäre des Raumes blieb trotz der Neueinkleidung erhalten, so als ob die Speisekammer sich nur Duschklamotten angezogen hätte oder die Abstellkammer pfundig für ein paar Tage in Faschingsstimmung wäre. Darf ich vorstellen: Ja, zum Klo gehts die erste Tür rechts, nimm einfach die Speisekammertür.

Connys Speisekammer spielt Badezimmer, weil es mehr Geld abwirft. Berufsumschulungstermin, ja Frau Speisekammer, sie hätten eindeutig mehr Chancen, wenn sie jetzt versuchten, ein Badezimmer darzustellen.

Conny sucht in ihrem Gesicht die Stellen auf, die sie nicht mag, was ihre Stimmung noch mehr herunterholt, von dem eh schon nur kleinen Podest, das die Stimmung heute hat erklimmen können.

Conny zoomfokussiert Muttermale, die sich stecknadelköpfig auf ihre Haut hingepflanzt haben. Schwupp, schwupp, schwupp, vermehrten sie sich in letzter Zeit so schnell, als wäre es schon Herbst geworden auf der Haut, und aus lauter Herbstanteilnahme entstanden mehr und mehr von diesen kleinen Punktsprossen, ähnlich wie der Wald im Herbst solche Punktsprossenerhebungen hervorbringt, die manche so gerne sammeln, in Körben versammeln. Und essen.

Und wer sammelt meine stecknadelköpfchengroßen Punkte ein, fragt Conny ihr Spiegelbild, die ich auch alle ausgerissen haben möchte. Conny schaltet das Licht aus, so dass von diesen kleinen Flecken nichts mehr zu sehen ist, und befühlt mit der Zunge ihre Zähne.

Zahnalgen, denkt Conny, das sind Zahnalgen, wie in einem Aquarium, dessen Fenster schon lange nicht mehr geputzt wurden, so fühlt sich das jetzt für mich an. Ich habe jetzt aber keine Lust, mir die Zähne zu putzen, denkt Conny, ich will nicht, dass sich jetzt noch mehr Frisches in meine Ankunft hineinmischt, das Händewaschen ist mir jetzt schon frisch genug.

Conny klappt den Toilettendeckel hoch und denkt, leider ist meine Zunge kein Fisch, Conny stößt mit dem Rücken gegen den Spülungskasten, kippt ihren Kopf nach hinten, schließt die Augen und stellt sich vor, wie sie jetzt nackt, völlig nackt, im Meer untertaucht, zu einer Stelle hinschwimmt, wo kleine, klitzekleine Fische leben, dort dann ihren Mund so weit es geht aufsperrt, und wie dann diese kleinen, klitzekleinen Fische anfangen, ihre Zähne zu reinigen, und den Rest dann auch gleich noch sauber zu machen. Ganz präzise stellt sich Conny vor, wie diese kleinen Fische ihre alten Hautschuppen herausschnuppen würden, wie sie mit ihren Fischmaullippen, die kleinsten Fräsen gleichkommen, ihr die Haut abreiben würden, winzige Althautschuppen abreiben, die eine leicht silbrig strahlende Farbe hätten, die bei den Erwachsenen den Appetit anregen würde und die Kinder zum Spielen. Die Kinder, denkt Conny, sind bestimmt schneller satt und würden dann einfach mit so einer silbernen Hautschuppe Kopffischball spielen. Und ich, denkt Conny, würde, wenn ich es nicht sowieso schon tun müsste, unter Wasser meinen Atmen anhalten, damit die Sensibilität meiner Haut noch erhöht würde, beim Kontakt mit hunderten von Kleinstfischmündern, die schnupp, schnupp, schnupp machen würden, ein leicht kitzelndes Schnupp, schnupp, schnupp.

Conny öffnet die Augen, greift nach der Klopapierrolle und denkt, vielleicht würden solche Fische, mit so einer dankbaren und, wie ich mir vorstelle, fröhlichen Natur, sich sogar in einem Stadtzimmer vermehren, dann könnte ich die Tür meines Gästezimmers aushängen, dort einen kleinen Mauervorsprung hinbauen, Teichfolie auslegen und einen Gästeteich für diese Fische bauen, und ich könnte dann die Fischgäste täglich besuchen, um mich von ihnen täglich besuchen lassen zu können.

Ich sollte wenigstens Zeichnungen davon machen, denkt Conny, benützt das in die Hand gefaltete Toilettenpapier, drückt die Spülung und macht sich auf den Weg zum Anrufbeantworter. Hoffentlich ist wenigstens Marie auf dem Anrufbeantworter, denkt Conny. Hoffentlich vermisst Marie mich, wenigstens deshalb, weil sie sonst niemanden für das Babysitten findet.

Ein männliches Streusel (6)

Das Herrenfahrrad mit dem Kindersitz die Treppen hochzutragen, eine Abkürzung, die schneller zu Lenzens Werkstatt führt, treibt Marie den Schweiß auf die Stirn und in die Augen, doch das stört Marie nicht, im Gegenteil, Marie hofft, mit der Belastung der Lungen, die durch das Treppenhochsteigen mit dem schweren Hollandfahrrad noch mehr in Anspruch genommen werden, ihre Nervosität zu betäuben, deren Klarheit strahlt.

Oben angekommen, stellt Marie das Fahrrad ab, knöpft, mit der linken Hand die Fahrradstange haltend, die beige Jackettjacke auf, die sie gekauft hat, weil sie ihre Taille betont. Mit dieser Jacke hat sie eine. Marie überlegt, ob sie die Jacke ganz ausziehen und in den Kindersitz legen soll, lässt es bleiben, steigt wieder auf und fährt auf einem neu angelegten Fahrradweg weiter.

Mein Problem sind nicht Nierensteine, sondern Kopfsteine, denkt Marie. Ich weiß, dass jetzt etwas passieren wird, ich spüre das wie ein Tier, das die Katastrophe auch schon vorher spürt. Ich weiß, dass der Besuch bei Lenz zwar kein Drama werden wird, kein vollständiges, nur eine

Verschrumpelung davon, etwas Zusammengezogenes, Verkürztes, ein *Drana*, das nicht einmal Platz bekommen wird, ein Drama zu sein. Ich weiß, dass ich durch mein spontanes Aufkreuzen in seiner Werkstatt, und auch wenn es nur fünf Minuten sein werden, etwas Schmerzhaftes erleben werde, und trotzdem fühle ich mich hingezogen, das jetzt zu erleben, um nichts könnte ich jetzt an seiner Werkstatt vorbeifahren, um alles muss ich da jetzt hin, denkt Marie. Auch wenn es andere Möglichkeiten gibt, gibt es für mich jetzt nur die. Ich bin mir sicher, ich werde gleich in eine Sackgasse fahren, in eine Sackgasse, in der sich so gar keine Weiterfahrmöglichkeiten ergeben werden. Ich werde wieder einmal eine Quadratverdrehung in meinem Verhalten erleben. Und dazu kommt, dass ich nachher, wenn ich wieder alleine sein werde, mir dann auch noch dabei werde zusehen müssen, wie meine so sorgfältig vorgefertigten Entwürfe zerbersten, wie ich sie selbst werde sprengen müssen, damit sie zerbersten. Das wird zur Folge haben, dass noch nicht abgeheilte Krusten aus anderen Sackgassenfahrten neu aufbrechen werden. Alleine nur die Vorstellung davon ist gekoppelt an Elend, an ein Elend, das so groß ist, dass daraus eine spontane Gürtelrose erwachen, erwachsen könnte, denkt Marie.

Marie weicht einem auf dem Fahrradweg liegendem Stock aus und wünscht sich, einer Umwandlerin zu begegnen, auf der Stelle einer Katalysatorin begegnen zu können, die ihr das Elendige an diesem Besuch wegzaubern könnte. Das Elendige an dem Besuch ist mein Zusatzverhalten, denkt Marie, als wäre ich mein ganzes Leben lang schon das beste Lager für Zusatzverhalten. Nur weiß ich nie, wie groß dieses Lager ist. Bei Eierstöcken weiß man, wie groß das Lager ist. Bei einem Autotank weiß man, wie groß das Lager ist, auch bei einer Whiskeyflasche weiß man, wie groß das Lager ist, doch bei meinem Zusatzverhalten? Nie scheint dieses Zusatzverhalten auszugehen. Und warum bleibe ich nicht einfach zu Hause, fragt sich Marie, damit das Elend, das an das Zusatzverhalten gekoppelt zu sein scheint, endlich einmal umgekettet werden kann. Das Elend, dieser schwer erziehbare Hund.

Merde, denkt Marie. Merde. Merde.

Marie schwenkt den Lenker nach links, fährt in Lenzens Einfahrt, lässt das Fahrrad geräuschlos auslaufen, bis kurz vor seine Werkstatttür hin.

Marie will immer noch den Zustand, dass sie außer Atem ist, ausnützen. Aber das schnelle Ankommen vor Lenzens Tür unterstützt nur Maries Nervosität.

Kleine Schweißperlen bilden sich auf ihrer Stirn. Marie wischt sie nicht mit ihrem Handrücken ab, neue würden anstelle der weggewischten auftreten und Marie will jetzt nicht, dass sie auch noch feuchte Hände hat. Der kalte, nervöse Schweiß auf ihrer Stirn ist gut durch das schwüle Wetter und das Fahrradfahren getarnt, das genügt ihr.

Sein Fahrrad steht vor der Tür. Also ist er da, denkt Marie und schlägt mit ihren Fingerknöcheln gegen das Metall.

Marie hört ein langgezogenes Ja. Sie kennt diesen Ton, diesen Schaukelton, von den Telefongesprächen.

Marie öffnet die grau gestrichene Metalltür, um dem Ja entgegengehen zu können. Ab jetzt ist Marie fast alles egal. Ab jetzt will sie nur noch ihr Programm, ihr B-Movieprogramm, mit der C- oder D-Darstellerleistung durchziehen.

Lenz sitzt am anderen Ende seiner Werkstatt, auf dem befleckten Holzdrehstuhl, mit dem Rücken zu ihr. Hallo, sagt Marie, und denkt, wie klein er doch im Sitzen wirkt. Lenz dreht sich um und begrüßt sie, indem er ihren Namen ausspricht, ohne besondere Betonung; auch dem Lächeln, das sich gleich anschließend auf seinen Lippen ausbreitet, ist nur zu entnehmen, dass Lenz bewusst oder unbewusst nicht will, dass Marie sehen kann, was sich darunter an Gedanken oder Gefühlen verbirgt.

Marie glaubt auch sehen zu können, dass Lenz deshalb lächelt, weil es ihn größer macht. Das Lächeln macht ihn größer, weil es nichts sichtbar macht, sondern alles nur neutraler. Lenz kann so vorgeben, auf der Stelle alles Polarisierende neutralisieren zu können. Für einen Wahlkampf ist das wohl eine geeignete Taktik, denkt Marie. Diplomaten kann sie sich auch gut so vorstellen, es ist sichtbare Höflichkeit, keine sichtbare Freude, keine sichtbare Empörung, nicht einmal Abgemildertes tritt da hervor, wie eine Prise Überraschung oder Wut, ein *Es war nicht abgemacht, dass wir uns heute treffen*, nein, nur die reine, kleine diplomatische Mechanik. Das verschlimmert auf der Stelle die Gefühlsanlagen, die jetzt in Marie hervortreten. Marie kommt sich so vor, als hätte sie, was Gefühlstriebe betrifft, sämtliche Deodorants vergessen. Als wäre alleine schon ein Gefühlstrieb deodorantbedürftig, vor allem, sobald man dieser diplomatischen Mechanik gegenübersteht.

Lenz wischt sich seine Hände an einem grau-braunen Putzlappen ab und geht langsam auf Marie zu. Marie steht immer noch in der Tür, fragt unschlüssig, ob sie ihr Fahrrad absperren soll.

Lenz hat wieder diese ausgeblichene und doch noch kräftig wirkende Kappe auf, und Marie weiß wieder nicht, ob es durch die Farbe der Kappe kommt oder durch das Oberlicht, oder vielleicht ist es auch nur das Fehlen der Haare, die unter der Kappe festgehalten werden, auf alle Fälle sieht Lenz, wie die letzten Male auch schon, verstaubt aus. Lenz sieht aus, als hätte sich alles an ihm blond ergraut oder blond ergrauter Staub sich auf seine Gesichtszüge gelegt. Marie ist dem Staub gegenüber so empfindlich, dass sie sich wünscht sie hätte ein kleines Handtaschensauggerät dabei, um jetzt gleich sein Gesicht mit dem Rüssel des Taschenhandstaubsauggerätes absaugen zu können, damit sich sein Gesichtsbezug mit seinem typischen Muster klarer vor sie hinstellen könnte. Seine verstaubten Backenpolster, seine beiden Lippenlehnen, all das wirkt durch den Staub wie abgestellt.

Als Lenz endlich von seiner Hinterste-Ecke-Position bei Maries Zwischen-Tür-und-Angel-Position angelangt ist, sagt er: Du brauchst dein Fahrrad nicht absperren, und begrüßt sie noch einmal, diesmal mit einem Kuss, mit einem Kuss, der in der Verpuppung, obwohl Verlarvung wohl der männlichere Ausdruck dafür ist, hängen bleibt. Es ist ein mechanisches Sich-Vorbeugen und Sie-Abstempeln, als wäre Maries Geschlechtsleben wie bei einer Blüte nur vom Wind abhängig. Weitere Vergleiche will Marie sich jetzt sparen. *Du brauchst dein Fahrrad nicht absperren* heißt: Die Tür bleibt offen. Nach diesen Gesten ist schon fast alles festgelegt für den kurzen Besuch, denkt Marie, nur der Preis noch nicht.

Marie und Lenz bleiben in dem geringen Abstand, den ihre Körper durch den Begrüßungskuss eingenommen haben, stehen, aber der geringe Abstand, den ihre Körper zueinander haben, lässt nicht darauf schließen, welchen Abstand sie wirklich einnehmen wollen, weder in welcher Zeit, noch in welcher Geschwindigkeit. Und um dem etwas Klarheit zu verschaffen, wenigstens von ihrer Seite her, fängt Marie an, an Lenzens Hemd herumzuzupfen und es glatt zu streichen. Marie fällt nur diese hausfrauliche Geste ein, und woher genau das bei ihr jetzt kommt, kann sie nicht sagen. Ist das jetzt, in der Not, ein Zurückgreifen auf traditionelle Gesten?, fragt sich Marie. Sie kommt sich albern vor. Sie kommt sich vor wie Doris Day, die eine sexuelle Andeutung nur durch das liebevolle Glattstreichen eines Hemdes zum Ausdruck bringen kann.

Marie bleibt Doris Day. Sie stellt sich vor, wie ihre Hand Wärme, in ihrem Fall höchste Hitze, in sein Hemd hineinträgt, in sein verschrumpeltes Hemd, in alle Kanten und Ecken dieses Hemdes bringt, und diese Wärme in das, was unter dem Hemd liegt, hineinträgt. Marie presst die Finger aneinander, damit sie noch mehr der Fläche eines Bügeleisens ähneln, und führt sie seinen Bauchmagen hoch hinauf und tief hinunter. Lenzens Haut soll sich erröten, denkt Marie, Blutkörperchen sollen zu all diesen Hautstellen hinrasen und dort das Rot aufputschen.

Marie hebt ihren Kopf, weg von den Knöpfen, die so leicht zu öffnen gewesen wären, um nachsehen zu können, was seine Haut dahinter so treibt, und sieht in sein Gesicht, sieht dort ganz klar, dass sie nicht hier ist, um solche Punkte zu machen, sondern um genau solche Punkte zu verlieren. Marie kann sogar dem Countdown zuhören, der diese Punkte zählt, die sie verliert. Als Marie bei null angekommen ist, dreht Lenz seinen Kopf Richtung Tür, horcht und sagt: Ah, da kommt Monika. Lenz macht ein paar Schritte zur Tür, biegt um die Kante, die die Metalltür bietet, geht weiter Richtung Straße, kommt zurück und sagt: Hm, das war sie noch nicht, macht eine kurze Pause und sagt: Schau, daran arbeite ich gerade.

Marie denkt, er wollte doch kein Möbel mehr bauen. Einen Tisch, denkt Marie, jetzt baut er einen Tisch, warum einen Tisch? (Weil ich gerne Tischkinder mit ihm hätte?) Marie erinnert sich an das Regal, an das leere Holzregal, das sie vor ein paar Wochen bei ihm gesehen hat. Es hat sie an die Billigmöbelkette erinnert, die Billigmöbelkette, die darauf bedacht ist, die Leere in einer Wohnung so schnell und so billig füllen zu können, wie ein Hamburger die Leere im Magen schnell und billig füllt.

Das leere Holzregal hatte im Halbprofil dagestanden, wirkte fast schwebend, so als könnte es sich durch den Winkel, den es im Raum einnahm, wie ein computeranimiertes Bild durch den Druck einer Taste von seinem Standbild lösen und sich langsam drehend von allen Seiten zeigen. Sich langsam drehend einem das Leere wirklich ständig 360 Grad lang vor die Nase drehen. Ein langes Drehen des Leereprinzips. Die Leere, die auch noch gefüllt als Leere zurückbleibt.

Marie sagt nichts, obwohl ihr so viel durch den Kopf geht. Marie will, dass er Interesse zeigt, an dem, was sie über seine Möbel denkt. Es kommt aber keine Frage, keine einzige Frage, die an sie gehen würde.

Marie läuft ein, als wäre die Hitze, die ihren Körper wäscht, viel zu heiß für ihren Körper. Marie zieht wenigstens ihre Jacke aus.

Marie hat ihre Jacke weiter in seinen Raum hineingebracht, hat damit ihren Raum in seinem Raum vergrößert, mit einem weiteren Teil von sich einen weiteren Teil seiner Werkstatt besetzt

Jetzt hängt die Jacke einen Meter von Marie entfernt, hängt dort einfach über einer Stuhllehne, und Marie kann sehen, an Lenzens Gesichtsausdruck sehen, dass ihm das zu viel ist, dass sie ihm damit zu viel in Besitz nimmt.

Lenz schaut sie so an, als hätte Marie mit dieser kleinen Geste angefangen, den ganzen Raum in Besitz nehmen zu wollen. Lenz sieht die Jacke an, wie sie dort über der Stuhllehne hängt, und dann wieder Marie, sieht Marie so an, als könnte er das Ausziehen der Jacke nur als ein Sichöffnen verstehen, was ihm völlig fehl am Platz erscheint, und wahrscheinlich auch in der Zeit.

Lenz schluckt nicht. Marie sieht, dass Lenz das nicht schluckt. Da ist es wieder, denkt Marie, das Zusatzverhalten. Encore une fois. Wieder verletze ich mich beim Geben. Schon wieder.

Marie biegt ihr Fahrrad in Richtung eines fremden Hauseingangs, drückt mit einer Hand die Holztür auf, schiebt das Fahrrad hinein, ihre Hände zittern. Marie will etwas in Aussicht haben, das unbeweglich ist, sie will sich nicht mehr an etwas festhalten müssen, das sich bewegt oder wegbewegen kann. Marie lässt das Fahrrad aus ihren Händen gleiten. Das Fahrrad stürzt, krachend fällt es zu Boden. Marie presst ihre Stirn an die Wand, gegen die Kacheln. Sie will sie jetzt an etwas Kühles drücken, sie will ihr Gehirn einen Kälteschock erleben lassen, oder noch besser eine Gefriertrocknung, ein gefriergetrocknetes Gehirn ist brauchbarer, denkt Marie, das kann ich dann löffelweise wieder auflösen, in einem Kaffeebecher, falls ich es doch wieder brauche, vielleicht morgen schon, aber jetzt will ich es nicht bei mir haben.

Die Jugendstilfliesen nehmen die Tränen nicht auf. Marie hätte es sehr höflich gefunden, gerade von Jugendstilfliesen, wenn diese ihr die Tränen aufgesaugt hätten, denn ein Taschentuch hat Marie nicht dabei.

Er hat so schöne ... (3)

Resa zieht die Karte aus dem Metallständer, über den Salz- und Pfefferstreuer, und schlägt sie auf. Eine Bedienung bleibt am Tisch stehen. Resa schaut auf. Die Bedienung hält vier leere Gläser in der Hand, ist braun gebrannt, schlecht rasiert, absichtlich schlecht rasiert, seine Bartstoppeln sind blond, seine Lippen rissig, seine Stirn in Falten. Fragend schaut er Resa an, Resa schüttelt den Kopf, die Bedienung geht weiter, seine Haare fallen ihm ins Gesicht.

Was, fragt sich Resa, will ich mit meiner Bestellung jetzt unterstützen. Soll ich jetzt Wasser trinken, um meinen Körper nicht immer mit so vielen Giftstoffen zu traktieren, möchte ich noch lange wach bleiben und benötige deshalb jetzt schon einen Kaffee, ist ein frisch gepresster Saft wegen der Vitamine besser, die mir bestimmt fehlen und die, wenn ich sie habe, zu mir genommen habe, mich dann auch nicht schöner machen, oder soll ich doch lieber gleich Alkohol, Bier, bestellen, weil das einen so trüb machen kann wie aufgewühltes Wasser und ich es jetzt schön fände, die klare Sicht zu verlieren. So, dass ich schon bald nicht mehr den Boden unter den Füssen sehen kann, spüren kann, da der mir ja nicht immer gefällt, da der mir ja nicht immer als der richtige vorkommt, weil man so oft lieber doch auf etwas anderes gebaut hätte, worauf man besser stehen könnte, verweilen könnte, was besser geeignet wäre zum Verweilen, wenn man eh schon sterben muss.

Resa schaut auf die Uhr. Ich bin zu spät, denkt Resa, aber von den anderen ist auch noch niemand hier, und er ist heute auch nicht hier.

Bin ich jetzt enttäuscht?

Resa ist nicht enttäuscht. Resa denkt: Noch mal werde ich eine Verabredung nicht so legen, nur weil ich denke, er arbeitet hier.

Jetzt würde ich sowieso ungünstig sitzen, müsste mich dann immer umdrehen, um ihn sehen zu können, und für das Umdrehen gäbe es keine Gründe. Keine Uhr, die hinter mir hängt, die auch das Datum anzeigt, das mir immer wieder entfallen würde, das ich aber immer wieder bräuchte, um Rechnungen auszufüllen, Überweisungen auszufüllen, die ich auf dem Rückweg noch auf der Bank einwerfen möchte, um die Mahnkosten zu sparen, auch keine Fenster, die eventuell geöffnet werden müssen, es sind schon alle auf.

Natürlich hätte ich mich, wenn er da gewesen wäre, nicht so hingesetzt.

Resa schaut noch mal auf die Uhr, schickt eine SMS. Wo bleibt ihr denn?

Resa holt das schwarze Notizbuch mit dem schwarzen Gummiband heraus, klappt eine Seite auf, blättert bis zur nächsten freien Doppelseite vor und denkt: Ich werde Bier bestellen. Ich trinke zwar nicht gerne Bier, doch ich will jetzt das Dumpfe vom Bier und dass man Flüssigkeit in größeren Schlucken in sich hineinschütten kann, besser als bei Wein, und Cocktails sind auch immer so schnell leer.

Kann ich sagen, das geht jetzt schon länger mit ihm, kann ich davon sprechen, dass es hält, halten wird? Nur weil wir aus der Entfernung mit Blicken etwas zueinander sagen? Ein Lächeln, das nur für uns ist. Während keiner vom andern weiß, was das heißen soll. Immerhin brauche ich auch für so ein Lächeln ein Gefühl.

Resas Telefon vibriert. Resa liest: Wir sind auf dem Weg.

Resa nimmt einen Schluck Bier. Ich hätte fragen sollen, welche Marke am wenigsten herb ist. Ich bin wieder mal nach dem schönsten, nach dem klangvollen Namen gegangen. Wernesgrüner.

Hab' ich das *bis ganz bald* zu ernst genommen?, fragt sich Resa. Habe ich das *ganz* zu dem *bald* dazugedichtet, hat er vielleicht nur *Ciao* gesagt?

Ich hätte ihm gleich schon meinen Schlüssel geben sollen. Und sagen, hier, du kannst selbst entscheiden, wie *ganz bald* es dir recht ist.

Resa nimmt einen großen Schluck. Falsch. Es ist nicht *Resa nimmt einen großen Schluck*, es ist *Resa stürzt …*

Ich komme mir vor wie ein Bauarbeiter, der Beton in eine Verschalung schüttet. Nein, denkt Resa, ich komme mir wie ein umgekehrter Bauarbeiter vor, ein Bauarbeiter schüttet, um etwas aufzubauen, und ich schütte, um etwas abzubauen.

Resa schaut auf die Uhr. Ich frage mich, von wo aus sie sich auf dem Weg gemacht haben. Resa schaut zur Tür.

Hallo.

Hallo.

Resa blickt auf den Tisch. Die Tischplatte hat ein Muster, das Resa jetzt, genauer betrachtet, interessant vorkommt, vorkommen muss, da sie nicht rot werden will. Ich kann gar nicht rot werden, dazu bin ich viel zu überrascht.

Er legt seine Jacke seitlich von Resa auf einen Sessel, einen Wohnzimmersessel, von denen neuerdings mehrere hier herumstehen, setzt sich. Wenn er dort seine Jacke ablegt, denkt Resa, heißt das, er ist privat da.

Ich bin immer noch nicht so alt, wie ich bin, denkt Resa.

Resa wünscht sich, jemand könnte sie erziehen. Wo ist der Kursleiter, der mir auf der Stelle meinem Alter gemäße Gedanken beibringt? Der mir beibringt, jetzt nicht zu denken: Denkt er jetzt, ich habe keine Freunde und muss deshalb alleine in einer Bar sitzen, um wenigstens ein bisschen unter Leuten zu sein?

Ich wünschte mir, irgendjemand hätte schon meinen Schlüssel. Ich weiß nicht, ob ich so noch einmal dazu kommen werde, dass jemand meinen Schlüssel hat. Herbert werde ich meinen Schlüssel nicht geben. Auch wenn ich schon von Anfang an seinen Schlüssel habe.

Ich werde jetzt gleich noch ein Bier bestellen, so dass ich dadurch gezwungen bin, das noch vor mir stehende schneller auszutrinken, damit nicht zwei Bier vor mir stehen. Das habe ich mir von großen und kleinen Männern abgeguckt.

Resa schaut zum Tresen, die Bedienung ist nicht zu sehen.

Resas Telefon kündigt den Eingang einer SMS an. Resa liest: Jürgen hat auf der Straße jemand getroffen – wichtig für seine Arbeit – gingen lieber woanders hin – kommst du hierher? He.

Resa antwortet. Hab schon was zu essen bestellt.

Resa bekommt die Antwort.

O.K. wir kommen zu dir. Es küsst dich gleich He.

Resa sieht, dass der Stoff seiner Hose dünn ist, sich deshalb Konturen abzeichnen, sie kann erkennen, dass sein Fleisch nicht sehr fest ist, nicht so muskulös, wie sie dachte. Das beruhigt Resa. Resa sieht, dass seine Nase von der Seite doch nicht so gerade ist, wie sie von vorne wirkt. Vielleicht beruhigt mich auch das, denkt Resa. Vielleicht beruhigt mich das alles so weit, dass ich es schaffe, ihn zu dem Vortrag einzuladen.

Resa schreibt: klären, unterstreicht *klären*, schreibt: Wer ruft Henri bei Anna an, wer? Die Blumenhüterin? Ihre Schwester? Ihre Mutter? Kann ich auf den Anruf ganz verzichten?

Resa wischt mit einem auf die Gabel aufgespießten Salatblatt in der Soße herum, schiebt mit dem Messer noch eine Radieschenscheibe hinauf, schiebt die Gabel in den Mundraum, lädt alles ab, zieht die Gabel heraus und schiebt mit ihr die rote, gelbe und grüne Paprika, die wenigstens so geschnitten ist, dass es nicht viel Mühe macht, sie zu finden, an den Tellerrand. Resa ist froh, dass sie kein weiteres Blatt Eisbergsalat entdecken kann, dass sie davon schon alle hinter sich hat, schneidet sich etwas vom Fleisch ab, nimmt ein Stück Baguette aus dem Brotkorb, drückt es mit den Fingern zusammen, bis das Volumen kleiner geworden ist, schaut auf, Herbert und Jürgen kommen durch die Tür, im

Schlepptau jemanden, den Resa nicht kennt. Herbert sagt: Ich muss noch mal kurz weg, das Auto umparken, geht's dir gut, ich bin gleich wieder da. Jürgen setzt sich und stellt Resa vor.

Resa denkt, warum hat er ja gesagt, ja, ich komme gerne zu dem Vortrag, sehr gerne, Montag, gut, das passt mir gut. Jetzt werde ich den ganzen weiteren Abend nicht mehr zu ihm hinschauen. Und zum Glück kommt Herbert nicht mit.

Leben im Luxus

Conny sitzt schon eine Weile auf der Kante des Kinderbettes und schaut nicht zu Marie hinüber. Marie steht schon eine Weile bei dem antiken Tischchen und telefoniert, telefoniert barfuß, in langen, gestreiften Schlafanzughosen, die sehr vorteilhaft ihren Arsch betonen.

Conny sitzt mit angewinkelten Knien da und schaut auf den Stoff ihres Seidenpyjamas. Connys Tante hat ihn ihr geschenkt, nachdem ihr Onkel ihn nie angezogen hatte. Ihm war der Stoff zu weibisch, wenn auch die Farbe, dunkelblau, für ihn in Ordnung gewesen wäre. Conny überlegt: Hat sie ihm den Pyjama nur geschenkt, um ihn zu ärgern, weil sie selber gerne einen gehabt hätte und wusste, dass ihrem Mann ein Seidenpyjama auch an ihr zu lasziv gewesen wäre?

Conny schaut in die Teetasse, die neben ihr steht, und denkt, ich sollte zu Marie hinübersehen, durch die offene Flügeltür, die das Kinderzimmer vom Wohnzimmer trennt, zu Marie hinübersehen und Begrüßungsworte aussprechen. Das wäre jetzt angebracht, Guten Morgen zu sagen oder, da Marie gerade spricht, wenigstens zu winken, ihr ein *Hallo, guten Morgen* zuzuwinken.

Conny schaut verträumt auf die spiegelnde dunkelbraune Flüssigkeit in der Tasse und hofft, dass sie dadurch den Eindruck erweckt, sie sei noch nicht ganz wach und hätte deshalb noch keine Zeit gefunden, etwas zu sagen.

Ich hoffe, Marie sieht das, denkt Conny, obwohl sie so beschäftigt tut.

Jetzt schaut Conny doch durch die Flügeltür und sieht nach, ob Marie sie hier sieht, auf der Kante des Kinderbettes sitzen sieht.

Connys Blick fällt auf Maries Hinterkopf. Marie macht alles Mögliche, damit ihr Hinterkopf nicht so flach aussieht, und anscheinend auch gleich schon nach dem Aufstehen erhöht sie dort ihre Haare gleichmäßig.

Conny wechselt zu Maries kleinen, kräftigen Fingern, die den Hörer halten. Wenn der Hörer, denkt Conny, nicht richtig in seiner Basisstation steckt, fällt er oft unmerkbar etwas nach vorne, nur ein paar Millimeter, und dann ist die ganze Leitung wieder für Stunden blockiert.

Es macht den Eindruck, denkt Conny, als hätte Marie noch nicht einmal zu mir geschaut, um festzustellen, dass ich auch schon wach bin. Jetzt hätte ich gerne einen Arm, den ich stufenweise ausfahren kann, wie Feuerwehrleitern oder Zeigestäbe stufenweise auszufahren sind, dann würde ich ihn durch die Wand hindurchfahren, Marie am Nacken packen, Marie durch die Wand zu mir herüberziehen, herüberschleifen, Maries Gesicht zu mir drehen, Maries große französische Augen schließen, ihre Gesichtshaut mit etwas besprenkeln, etwas Medizinischem, das verursacht, dass Maries Kopf kleiner wird, und Marie dann so lange damit behandeln, bis Maries Kopf ein Schrumpfkopf ist und in die

Teetasse passt. Ich würde Maries Kopf oft in die Teetasse tunken, ich würde überhaupt gar nicht mehr damit aufhören, Marie mit dem Kopf, dem Schrumpfkopf in die Teetasse zu tauchen, und da ich meine Kontaktlinsen noch nicht eingelegt habe, würde ich bestimmt nicht bei jedem Versuch ihren Kopf in die kleine Öffnung der Teetasse stupsen, würde ich wahrscheinlich die Öffnung des Öfteren auch verfehlen und Maries Kopf stattdessen gegen den Parkettboden stoßen. Das würde dazu führen, denkt Conny, dass Maries so fein wachsende Haare am Hinterkopf ausfallen.

Conny fällt ein, dass Marie sie immer bittet, nach dem Duschen ihre Haare gleich aus dem Abfluss zu nehmen. Ich habe das gestern bestimmt wieder vergessen, denkt Conny. Und Marie hat bestimmt nicht vergessen, da hinzuschauen, in das Ablaufsieb, und gesehen, dass das wieder meine Haare sind. Hat sie deshalb gestern zu mir gesagt, fragt sich Conny: Du kapierst nicht mal die einfachsten Sachen. Du bist wirklich genauso blöd wie meine Eltern und genauso unselbstständig. Auf meine Eltern muss ich auch ständig Rücksicht nehmen, ihnen immer wieder alles erklären, kommen sie hierher, beherrschen sie nicht mal nach einer Woche das U-Bahnfahren alleine, was kannst du denn daran nicht verstehen. So, jetzt gefällt dir auch mein Tonfall nicht mehr, das ist der Tonfall, den ich habe, wenn ich erschöpft bin, und ich bin erschöpft, mit dir ist es sehr anstrengend, und wenn du nur etwas Verständnis für meine Situation hättest, würdest du verstehen, dass ich jetzt nicht mehr einen Tonfall haben kann, der dir recht ist.

Und jetzt kann ich Marie nicht mehr in die Augen schauen, denkt Conny. Die so viele Jahre ihr gegenüber vorhandene Offenheit sitzt jetzt hinter einer Abwehr, einer bruchsicheren Abwehr. Die Offenheit, denkt Conny, die ich Marie gegenüber immer hatte, wird jetzt auch erst mal dahinter versteckt bleiben, dort einfach weiter versteckt sitzen bleiben. Auf einmal, denkt Conny, ist die Offenheit nicht mehr zugänglich, nicht mehr so zugänglich, wie sie es früher war, so einfach zugänglich war. Und wie lange werde ich ihr jetzt deswegen nicht mehr in die Augen schauen können? Und was ist jetzt mit Resa, kommt das in meinem Leben jetzt gleich zwei Mal vor, bahnt sich auch mit Resa etwas Komisches an, werde ich jetzt auch Resa nicht mehr in die Augen schauen können? Warum musste Resa mir das auch erzählen, mir als Herberts Schwester?

Conny denkt an Maries Sohn. Conny muss daran denken, wie Luc, wenn er sieht, dass er von Conny angesehen wird, gleich verschämt lächelnd den Kopf wegdreht über so viel plötzlich erhaltene Aufmerksamkeit, und wie er danach gleich etwas zum Festhalten sucht, einen Teil von Maries Kleidung sucht. Luc will mit dem Festhalten des Kleidungsstückes seiner Mutter die Nähe und die Zugehörigkeit zu dieser Nähe festhalten. Er will mit dieser Geste sagen: Da gehör' ich hin, nicht in deine Augen. Als wäre es ihm zu schmerzhaft, sich als getrennt, durch das Von-mir-Gesehenwerden als getrennt von seiner Zugehörigkeit begreifen zu müssen, begriffen werden zu können. Und er fängt an, sich zu fürchten, zu fürchten, diese, seine Zugehörigkeit zu verlieren, wenn er noch länger den Augenkontakt mit mir aufrechterhält, der ihn schon als getrennt hervorhebt.

Conny hört, wie Marie lacht, am Telefon laut lacht. Mit wem lacht sie da so laut? Conny hat das Bedürfnis aufzustehen und die Flügeltür zuzumachen, damit sie Maries entspannten Tonfall nicht hören muss.

Ich hätte gleich schon über Nacht die Tür zumachen sollen, denkt Conny, aber da hat es mich geängstigt, auch noch so eine skulpturale Grenze in den Raum zu stellen. Mit einer offenen Tür habe ich gehofft, Marie holt mich zurück, in ihr Bett zurück. Oder dachte Marie beim Heimkommen, ich hätte die Tür über Nacht aufgelassen, weil es hier nur einen beheizbaren Ofen gibt, der im Wohnzimmer steht, und die Nächte hier noch ganz schön kalt werden?

Conny setzt die Tasse an den Mund, kippt sie, der letzte Schluck, kalte Schluck, läuft in ihren Mund. Ich brauche noch mehr Teefutter, denkt Conny, ich werde jetzt aufstehen und grimmig an dem entspannt lachenden Mund vorbeigehen.

Marie steckt den Hörer in die Basisstation, kommt ins Wohnzimmer, setzt sich auf einen mit barockem Stoffmuster bezogenen Biedermeierstuhl, dreht sich mit dem Stuhl in Connys Richtung und sagt:

Ich habe deine Nachricht erst gegen Mitternacht bekommen, ich hatte vergessen, mein Handy aus der Jackentasche zu nehmen und die Jacke an der Garderobe abgegeben.

Als ich deine Nachricht gelesen habe, sagt Marie, waren wir alle schon wieder auf dem Weg nach Hause, sind dann aber doch noch mal umgedreht und wieder in den Club zurück, wollten aber nicht lange bleiben, nur jemandem kurz zum Geburtstag gratulieren, also hätte es gar keinen Sinn gehabt, dir noch Bescheid zu geben, bis du dort gewesen wärst, wären wir schon wieder weg gewesen, und dann wurde es aber doch irgendwie halb vier, und als wir dann wieder auf dem Weg nach Hause waren, dachte ich, jetzt brauche ich dir auch nicht mehr Bescheid zu geben, jetzt schläfst du ja bestimmt schon, es war ganz schön, auf der Geburtstagsparty.

Conny schaut auf ihre Zehen und denkt, ich würge jetzt zuerst ihre Lippen, danach würge ich beide Schlüsselbeine, wegen derer sie immer weit ausgeschnittene T-Shirts und V-Pullover trägt, die Pullover lieber aus Polyacryl, weil das auf ihrer empfindlichen Haut weicher ist, danach würge ich auch ihre Arschbacken, auf die sie am stolzesten ist, und danach würge ich sie einfach so, würge und würge und würge sie einfach so, ohne Punkt und Komma.

Marie fragt: Warum hast du denn im Kinderzimmer geschlafen und nicht bei mir im Bett? Conny zuckt mit den Schultern und steht auf.

Das Wasser in der Dusche wird sehr heiß. Das ist gut, denkt Conny, das heiße Wasser beruhigt. Mit dem heißen Wasser kann es wieder etwas anderes geben, als dass ich Marie würge und würge und würge.

Soll ich mir heute die Zähne mit Maries Zahnbürste putzen, anstelle mit der für mich vorgesehenen Gästezahnbürste, überlegt Conny, oder einfach drei Viertel ihrer teuren Zahnpasta aus der Tube in den Abfluss drücken? Auf alle Fälle werde ich mir den Mund mit kaltem, eiskaltem Wasser ausspülen, um wenigstens das Zahnfleisch zu stärken. Das hat Conny nirgends gelesen, Conny tut das, weil sie glaubt, dass das ihr Zahnfleisch stärken wird. Es macht Conny Angst, dass ihr die Zähne schon früh ausfallen könnten.

Conny legt ihre Kontaktlinsen ein und erinnert sich, dass Marie sie das letzte Mal gebeten hat, die Wassertropfen vom Holz, das um das Keramikwaschbecken verlegt worden ist, nach jeder Benutzung abzuwischen. Conny wischt mit ihrem Gästewaschlappen, der bei Marie seinen eigenen Haken hat und den sie sonst für nichts weiter benutzt, die Armaturen um das Waschenbecken trocken.

Conny steht auf einem Bein, das andere, frisch eingecremte, ist in der Luft, damit die Lotion einziehen kann und keine Flecken auf dem Duschvorleger hinterlässt, mit einer Hand hält sich Conny am Waschbecken fest, mit der anderen Hand greift sie nach ihrer Strumpfhose, die über der Heizung liegt, schlüpft mit dem nach Pfirsich duftenden Fuß hinein, stellt ihn auf den Duschvorleger, schmiert den anderen Fuß ein und stellt fest, dass sie hungrig ist.

Conny denkt, wir wachen immer ungefähr zur gleichen Zeit auf und haben immer ungefähr zur gleichen Zeit Hunger. Das ist doch eigentlich eine gute Voraussetzung für ein freundschaftliches Verhältnis.

Conny überlegt, was sie zum Frühstück essen möchte, und horcht durch die Badtür in das Appartement hinein, öffnet die Badtür, geht strumpfsockig in die Küche, öffnet die Kühlschranktür, sucht nach der Wurst, nimmt sie heraus und erinnert sich, wie Marie sie gebeten hat, doch im Treppenhaus die Männer und die Frauen immer zu grüßen. Conny lässt Wasser in den Teekessel laufen. Auch das Geschirr, denkt Conny, soll ich nach dem Waschen immer sofort abtrocknen, da das Wasser so viel Kalzium hat und sonst hässliche Flecken hinterlässt. Auch den Teekessel soll ich nach dem Wasserkochen innen auswaschen und abtrocknen. Conny schaut aus dem Fenster. Conny versucht unangenehme Gefühle zu verscheuchen. Die Rollos der auf der anderen Straßenseite liegenden Wohnung sind heruntergelassen. Immer wenn ich hier bin, denkt Conny, sehe ich sie nur im heruntergelassen Zustand.

Conny stellt den Teekessel auf die Gasflamme des vorderen Rings. Heute, denkt Conny, werde ich mir erlauben, ihn nachher nicht innen auszuspülen und zu trocken.

Jetzt komme ich mir aufmüpfig vor.

Wird Marie das kontrollieren, wird sie mir das dann vorwerfen, als weitere Unselbstständigkeit vorwerfen, wird Marie mir vorhalten, zur Last legen, dass sie jetzt auch noch hinter mir herputzen muss? Und dann auch gleich noch die Haare im Badezimmer erwähnen.

Obwohl Marie schon so viele nette Sachen zu Conny gesagt hat, graust es Conny jetzt, sich zu Marie an den Tisch zu setzen, und noch mehr, wenn Conny an ihre Tischdecke denkt. Seit ich Marie kenne, denkt Conny, frühstücke ich ungern bei Marie wegen dieser Tischdecken. Alle Tischdecken von Marie können nur zur Reinigung gegeben werden. Immer wenn ich einen Fleck hinterlasse, hole ich schnell eine von den Kacheln, die bei Marie normalerweise als Untersetzer zum Einsatz kommen, und lege sie auf den Fleck. Ein kleiner Stapel Kacheln steht immer auf dem Kaminsims neben der Weltzeituhr, die Paris, London, New York und Sydney anzeigt.

Seit ich Marie kenne, bleibe ich mit meinen Ausgaben an keinem Tag in meinem Limit, immer wenn ich mit Marie ausgehe, habe ich mehr Ausgaben, als ich mir leisten kann, das fing schon mit den Reinigungskosten für die Tischdecke an, weil sie den Kacheltrick durchschaut hat.

Dabei hätte ich so gerne, dass Marie Angst hat. Angst, dass ich sie nicht mehr mögen könnte.

Conny säbelt das Messer durch die Wurst. Ich muss jetzt endlich mal etwas zur Sprache bringen, denkt Conny. Das Messer stößt gegen das Holzbrett. Conny setzt erneut an.

Conny schneidet Brot auf. Strumpfsockig auf dem gekachelten Küchenfußboden zu stehen macht Conny kalte Füße. Conny biegt um die Ecke Richtung Wohnungstür, schiebt die unter der Garderobe abgestellte Handtasche beiseite und greift nach ihren Stiefeln. Die Handtasche ist ein sehr großzügiges Geschenk von Marie. Es ist eine Tasche, die man sofort erkennt, wenn man sich mit Marken auskennt. Gestern hat beim Eintritt in einen Unterwäscheladen sogar eine Frau zu ihr gesagt, sie kenne ihre Tasche aus dem Fernsehen. Wenn die Tasche Autogramme geben könnte, denkt Conny, wäre es bestimmt auch dazu gekommen, doch so wollte die Frau mir nur wenigstens die Hand geschüttelt haben. Conny zieht den zweiten hinter der Tasche abgestellten Stiefel an. Ich weiß, denkt Conny, dass ich die Schuhe in der Wohnung nicht tragen soll, aus Rücksicht auf die netten Nachbarn unter Maries Appartement. Ich versuche alles so zu machen, dass ich noch weniger auffalle, und schlafe nachts hier trotzdem schlecht. Die Wohnung braucht gar keinen Gast, ist sich selbst schon Gast genug.

Ich werde mich jetzt mit dem Wurstbrotteller an den Tisch setzen und nicht warten, bis Marie fertig ist mit dem Duschen. Ich werde zuerst die Teetasse auf die kleine Kachel stellen und dann zum Esszimmerschrank gehen und dort das Besteck holen, das aus Silber ist und auch immer gleich abgetrocknet werden will. Die Besteckkästen sind aus einfachem Holz und mit je einem Geschirrtuch abgedeckt, die Tücher sind aus Wildseide. Neben den Besteckkästen gibt es mehrere Stadtpläne, auf allen haften kleine gelbe Post-it-Sticker, auf denen in Französisch steht: Bitte die Stadtpläne nicht mit aus der Wohnung nehmen. Marie hat das für ihre Gäste aus dem Ausland hingeschrieben, die immer vergessen, am Ende ihres Besuchs die Stadtpläne zurückzugeben.

Conny zieht den Teebeutel aus der Tasse, Marie geht hinter Conny vorbei ins Bad. Conny wickelt den Beutel mit dem Faden um den Silberlöffel, schnürt den Faden enger, quetscht die letzten Tropfen heraus, lässt den Teebeutel in die Spüle plumpsen, hört Marie schreien. Es ist ein Aufschreien, es ist ein wiederholtes Aufschreien. Conny nimmt den Teebeutel aus dem Spülbecken, öffnet die Klappe zum Abfalleimer, ruft, ohne sich umzudrehen, Richtung Abfalleimer: Brauchst du Hilfe?

Conny weiß nicht, ob Marie es hört.

Marie kommt aus dem Bad, baut sich vor Conny auf, mit weit geöffneten Armen und Händen, und sagt: Der Duschhahn war so hingedreht, dass das Wasser hervorspritzte, als ich ihn eingeschaltet habe, jetzt ist meine Hose ganz nass, der Boden, und der empfindliche Stoffvorleger.

Conny ist ganz erschrocken.

Soll ich mich jetzt schuldig fühlen, fragt sich Conny, weil ich den Duschhahn nach dem Duschen nicht in die für Marie übliche Position gedreht habe? Oder nur, wenn ich es absichtlich gemacht hätte? Oder dann erst recht nicht?

Das alles macht mich müde, denkt Conny, furchtbar müde.

Warum fällt so oft etwas vor, was dann genau das bewirkt, dass es mich müde macht, so furchtbar müde.

Marie stöhnt auf und geht zurück ins Bad.

Conny geht zum Telefon, setzt sich auf das mit Brokat bezogene Telefonstühlchen, stützt ihr Gesicht in die Hände. Mir gelingt es einfach nicht, denkt Conny, ohne Maries gute Laune selbst gute Laune zu behalten.

Conny ist zu müde und zu erschöpft, um am Telefon jetzt die Taste zu drücken, die ihr Maries letztgewählte Nummer aufzeigt. Komme ich ihr denn nur noch wie so ein hässlicher eingetrockneter Wasserfleck vor?, fragt sich Conny.

Sie erhebt sich, lässt den Teller Wurst, das Brot und den Tee in der Küche stehen, greift nach ihrem Mantel, ihrer Handtasche und zieht die Wohnungstür hinter sich zu.

Das kommt mir jetzt noch am sinnvollsten vor, denkt Conny und bedauert, dass die Gültigkeit ihrer Kreditkarte vor fünf Tagen abgelaufen ist und ihr diesmal keine neue mehr ausgehändigt werden wird.

Ein männliches Streusel (7)

Marie schlägt Le Monde auf, legt eine Serviette in ihren Schoß, wählt aus dem Brotkorb das Mohnbrötchen, legt die halbierten Brötchenhälften auf den Porzellanteller, streift die Hände an der Serviette ab, liest den ersten Absatz eines Artikels, liest den ersten Absatz noch einmal, nimmt nicht auf, was da steht. Lenz drängelt sich in ihr Bewusstsein. Marie möchte das nicht zulassen, nicht schon wieder zulassen müssen. Marie versucht Lenz irgendwo hinzuschieben, in ein Kopffach hineinzuzwängen, an einem Ort zu bringen, wo sie ihn nicht wieder finden kann, damit in ihrem Kopf dann wenigstens so viel Platz frei wird, dass das Zeitunglesen auch noch Platz hat. Marie kriegt das nicht hin. Wie bei Hase und Igel, Lenz ist immer schneller am Ziel, schneller dran mit Ich-bin-schon-da als die Buchstaben in der Zeitung. Marie schiebt die Zeitung zur Seite und denkt an die bereits Stunden und Tage zurückliegende Situation.

Meinen Kopf habe ich gleich weggedreht, denkt Marie, gleich als Lenz sagte, dass er mir etwas sagen wolle, habe ich die Wand angesehen. Da waren zwei Rohre, zwei senkrecht nach oben verlaufende Kupferrohre, Heizungsrohre, die mir vorher noch gar nie aufgefallen waren. Lenzens Stimme hat ein bisschen gehallt, weil er gegen die Wand sprechen musste. An die Worte kann ich mich aber nicht mehr erinnern. Obwohl ich alle kannte, blieb, nachdem Lenz sie ausgesprochen hatte, keines davon in meinem Gedächtnis. Nichts davon blieb hängen, außer vielleicht Füllwörter. Ich war zu befangen, viel zu befangen wegen Selbstbeteiligung am Geschehen. Schade, denkt Marie, dass ich kein Aufnahmegerät dabei gehabt habe. Diesen Kassettenrecorder, mit dem ich früher Deutsch gelernt habe. Mit so einem Ersatzspeicher hätte ich das, was Lenz mir gesagt hat, neu auferstehen lassen können. Die Wörter zu Bildern werden lassen können, nicht zu Urlaubsbildern, sondern zu Dokumentationsbildern. Dokumentationsbilder, die nicht zur Erinnerung an ein Geschehen, sondern zur Aufklärung, zur Verständlichmachung beitragen.

Marie öffnet das Marmeladenglas, legt den Deckel auf einer Kachel ab und schöpft mit einem kleinen Löffel, Plastiklöffel, Marmelade auf die mit Margarine bestrichenen Brötchenhälften. Es könnte gut sein, denkt Marie, dass wenn ich jetzt dieses Tonband abspielen würde, ich nach dem Abspielen des Tonbandes wieder nicht mehr wüsste, was Lenz da zu mir sagt, dass ich wieder die Luft anhalten würde und einfach ausblenden würde, ausblenden müsste, was er da sagt, dass die Wortteile, Wortbände, die ich mir schon in seiner Werkstatt nicht habe merken können, mir immer noch so unerträglich vorkommen würden, dass meine Aufnahmeorgane erneut auf Pause stehen würden, dass ich speicherungsmäßig einfach erneut in Ohnmacht fallen würde.

Es ist nicht unbedingt gesagt, denkt Marie, dass ohne seine Anwesenheit seine Wörter leichter zu behalten sind.

Marie beißt in eine Brötchenhälfte, Marmelade, schwarze Johannisbeermarmelade, tropft auf den Teller, den mit blauen Blumen bemalten Porzellanteller.

Lucs Oma, mütterlicherseits, hat auf Wunsch von Marie versucht, Marmelade ohne weißen Zucker zu machen, mit einem von Marie angegebenen gesünderen Ersatzstoff, und ist gescheitert, was die Konsistenz der Marmelade betrifft, was ihr sonst noch nie passiert ist.

Falls es jetzt immer noch zu früh wäre, denkt Marie, dann bräuchte ich einen Übersetzer, einen männlichen Übersetzer, einen, der sich das Tonband anhört und mir dann die Stellen, die ich einfach nicht behalten kann, übersetzt. Ja, denkt Marie, das wäre eine Möglichkeit, Lenzens Monolog einfach einem befreundeten Mann oder einfach nur meinem Nachbarn zu geben, der mir dann den Text übersetzt, der mir übersetzt, was genau das heißt, was Lenz da zu mir sagt. Herr Müller könnte mir das bestimmt in Worte übersetzen, die ich besser verstehen kann. Dann könnte ich vielleicht immer noch nicht seine Worte behalten, aber seinen Herrschaftsanspruch.

Das ganze Hinterherdenken beschert Marie ein Unbehagen.

Marie atmet tiefer ein. Die tiefer eingesogene Luft bildet einen eigenen Körper, einen Körper, der sich gegen ihren Körper, ihre Organwände presst. Marie hört auf, auf der Stelle wieder auf, so zu atmen, so tief in sich hineinzuatmen, es stimuliert sie zu sehr, es stimuliert sie zu sehr in ihren Körper hinein. Sie will nicht, dass Luftmassen sich in ihre Oberweite pressen, dass Luft an ihren Busen andockt.

Wieder taucht nur das Atmen als Berührung auf. Wieder lebt nur die Atmung ein Berührungspotential aus und sonstige Berührung fehlt, fehlt wieder einmal, denkt Marie.

Lieber, viel lieber wäre es mir, wenn sich jetzt eine Spannung in meinem Kopf aufbauen würde, hineinpressen würde, und nicht schon wieder nur so eine, die meinen Busen hochpresst.

Doch in Maries Kopf steigt keine Spannung auf.

Marie kommt sich vor wie Hodenhaut. Wie Hodenhaut jeglicher Eigenanspannung entbehrt.

Ihre Gedanken entbehren jeglicher Eigenanspannung.

Maries Kopf lässt Marie hängen.

Marie nimmt die Stoffserviette von ihrem Schoß, faltet sie, legt sie auf den Brotkorb, stellt die Kaffeeschale auf den Porzellanteller und den Brotkorb mit der Serviette auf die Kaffeeschale, legt Le Monde auf den Stuhl, wischt ein paar Brösel auf die auf dem Brotkorb liegende Serviette, trägt das Geschirr in die Küche, weicht den schon etwas eingetrockneten Frühstücksdreck, den sie auf den Teller gemacht hat, die eingetrocknete Marmelade mit dem Schwamm auf, spült die kleinen Erhebungen von dunklem Blauschwarz unter laufendem Wasser ab, spült das Besteck, holt ein frisches Geschirrtuch, reibt den Teller, die Schale und das Besteck trocken.

Marie sucht die Stoffschleife, dreht das Geschirrtuch zur nächsten Ecke, findet keine Stoffschleife, findet nur eine Stoffaufreißung, eine irgendwann einmal, von wem auch immer, gewaltsam getätigte Stoffaufreißung. Marie stülpt die irgendwann einmal wahrscheinlich von Herbert mit einem Messer geöffnete Stoffaufreißung, mit einer Messerspitze hineingebohrte Stoffaufreißung über den Nagel, erhängt das Geschirrtuch am Nagel, an dem blauschwarz glänzenden Nagel, an dem anzüglich blauschwarz glänzenden Nagel, der ein goldenes Käppchen trägt.

Seit geraumer Zeit schon, denkt Marie, wackelt dieser hübsche Stahlnagel. Seit geraumer Zeit schon lassen sich die Geschirrtücher immer nur unzureichend an dem Nagel aufhängen, aber diesmal bleibt das Geschirrtuch richtig fest daran hängen. Und obwohl diesmal das Geschirrtuch richtig fest daran hängen bleibt, nimmt Marie dem Nagel das Geschirrtuch wieder weg, nimmt den Nagel aus der Wand, nimmt der Wand den Nagel, nimmt aber vor allem dem Loch in der Wand den Nagel, weg.

Marie will nicht mehr, dass der Nagel so locker das Loch verstopft. Marie will den Nagel nicht mehr so unstabil an der weißen Küchenwand wohnen lassen. Marie ist sich sicher, dass dieser Nagel in jedem anderen Loch auch wackeln würde, bei Berührung, und wenn man mal nicht achtgibt, dann auch herausfallen wird, wie er ja auch aus diesem Loch schon herausgefallen ist, was dann so aussieht, als wollte er anfangen zu wandern, und dann kann er aber doch nur auf dem gekachelten Boden liegen bleiben.

Marie dreht den Nagel zwischen ihren Fingern. Der Nagel ist gerade und brauchbar, denkt Marie, trotzdem werde ich den Nagel in den Müll werfen, in den braunen Mülleimer, den Kompostbehälter, den stinkenden Kompostbehälter. Dieser Nagel wird in keinem Loch sesshaft bleiben, würde immer wieder herausfallen und durch das Herausfallen wiederholt das Nomadische zum Ausdruck bringen.

Wie regressiv, denkt Marie, herausfallen und liegen bleiben, wie erbärmlich auch, die einzige nomadische Bewegung im Ausfall zustande zu bringen und dann nur liegen zu bleiben, einfach auf dem Fußboden liegen zu bleiben.

Was für eine Verblendung, denkt Marie. Ginge es jetzt nicht um diesen Nagel, wäre es mir sympathisch, das Bild, von irgendwo herauszufallen und dann erst mal liegen zu bleiben.

Marie wirft den Nagel in den Müllbehälter, geht zurück zu dem Loch, stellt sich vor das Loch, schaut es an und fragt sich: Hat der Nagel durch das Herausfallen nun auch das Loch fallen lassen, das Loch, das noch offen hängt an der Wand, das Loch, das jetzt wieder offen an der Wand hängt?

Marie setzt sich, setzt sich nicht auf den freien, setzt sich auf den belegten Stuhl, den belegten Kinderstuhl. Er ist schichtweise, tageweise belegt. Belegt mit der Le Monde von gestern und vorgestern und einem Pullover von Luc. Zuoberst und -unterst die Zeitung, in der Mitte der Pullover, ein Gesternsandwich. Genau darauf nimmt Marie Platz, auf dem Gesternsandwich. Marie sitzt weich und starrt das leere Loch an.

Das leere Loch stört Marie.

Conny, denkt Marie, Connys Zeichnungen beschäftigen sich auch mit solchen Löchern. Für sie sind Löcher Beutestellen. Beutestelle I, Beutestelle II und so weiter. Auf den Zeichnungen sieht man kleine Förderbänder, die mit Haltegerüsten aus Steckmetall stabilisiert werden und, von einem Holztisch aus, zu den viel höher gelegenen Löchern an der Wand führen. Die kleinen Förderbänder haben Sprachblasen, in ihnen stehen die kleinen Geräusche, die Förderbänder machen. Dort steht so etwas wie *wrn wrrn* oder *schrr schr*. Conny will diese Miniaturförderbänder maßanfertigen lassen und sie will, dass diese Förderbänder dann an irgendeinem Vormittagstermin von Handwerkern oder Handwerkerinnen, nein, Handwerker sind Conny bestimmt lieber, in ihrer Küche aufgebaut werden.

Conny will diese Löcher, Küchenlöcher ausweiten und Sand fördern, einen Küchensandtagebau beginnen. Aus meiner Wohnung kann, sagt Conny, durch die Löcher eine Gewinnungsstelle bzw. eine Gewinnerstelle gemacht werden. Da braucht man ja nicht viel, damit dann Sand ins Getriebe, ins Mundgetriebe geführt werden kann, eingeführt werden kann.

Sie will auch auf Bestellung arbeiten. Sie will bei Essen, die privat oder öffentlich stattfinden, da, wo es vom Gastgeber erwünscht ist, Sand auf die Teller brisen. Conny stellt sich gerne vor, wie sie dann an der Haustür klopfen und, die ihr vorher zugefaxte Sitzanordnungsskizze im Kopf, ohne ein Wort zu sagen in das Esszimmer gehen und dort auf das Telleressen Sand brisen würde, damit beim Empfänger im Mundgetriebe etwas durcheinanderkommen könnte.

Sie müsse nur aufpassen, dass sie durch das ständige Weiterausholen und Aushöhlen dieser Lochangelegenheit nicht irgendwann einen Nachbarn gewinnen würde, sie wolle keinen Nachbarn gewinnen, sagt Conny.

Soll ich, fragt sich Marie, Conny für Lenz buchen, damit sie Lenzens Mundgetriebe mit Sand etwas durcheinanderbringt?

Marie legt das Silberbesteck zurück in den Besteckkasten. Stellt die Marmelade in den Kühlschrank, steckt die restlichen Brötchen in eine Papiertüte und stellt sie mit der Papiertüte und dem Brotkörbchen in den Brotkasten.

Warum nur, denkt Marie, kann ich mir nicht vorstellen, dass jetzt der Kontakt schon abgeschlossen ist? Warum nur kommt mir das jetzt so erbärmlich vor, dieses Ende, das ich in der Vorstellung vollenden muss.

Marie weiß es nicht und lässt nun auch noch ihre Schultern hängen wie Hodenhaut.

Das macht gleich Platz für die A.-Angst. Die Allzeit-bereit-Angst. Die A.-Angst stellt sich in die vorderste Reihe.

Marie hofft, und hat kurzzeitig Angst, dass sie nicht älter werden wird.

Marie schaut den Kinderstuhl an und fragt den roten Plastikblumenbezug: Hast du wenigstens einen schönen Sommer gehabt? Der Stuhl gibt keine Antwort. Marie legt die Zeitungen und den Pullover auf den Tisch, dreht den Stuhl um und sucht auf der Unterseite eine Stelle, die darüber Auskunft geben könnte, wie der Stuhl früher, als er noch nicht so ausgebleicht war, wie er da seine Farben trug, bevor Conny ihn hier angeschleppt hat. Conny hat den Stuhl für Luc auf dem Flohmarkt erstanden und ihn Marie mit dem Kommentar: Das ist etwas, das du immer abwischen kannst, überreicht.

Das Unverbleichte, das Sommerfreudige will Marie jetzt sehen, das frischfarbene Plastik, doch nichts davon findet sie, nichts ist zu sehen, auch wenn sie unter die Nähte pult, ist er darunter genauso verblichen wie oben.

Marie findet aber ein Loch, genau in der Mitte der Unterseite des Stuhls ein circa fünf Zentimeter großes Durchschnittsloch ins Holz gefräst oder gestanzt. Sie greift mit ihrem Zeigefinger da hinein und spürt eine weiche Innenverkleidung, eine Schaumstoffpolsterung. Das ist, das muss ein Druckventil sein, denkt Marie, oder was soll das mittige Loch da sonst darstellen als ein Ventil, um die gespannte Oberfläche, Plastiksitzoberfläche, zu entspannen, eine Spannung in Form von Luft, die der Schaumstoff freigibt beim Hinsetzen von Materie; eine Spannung, die nach unten weggedrückt wird. Marie setzt sich wieder auf den Küchenstuhl und kann nun wirklich ein kleines Pfft hören, was ihr früher noch nie aufgefallen ist. Vielleicht, denkt Marie, hat auch das Loch an der Wand den Nagel hinausgedrückt. Pfft.

Erfüllungsästhetik, denkt Marie.

Und ich, denkt Marie, stehe zwischen dem Loch und der Erfüllungsästhetik.

Dem Loch in der Wand werde ich ein Kreuz geben, denkt Marie, ein Kreuz und ein Tagesdatum, damit es bleiben kann.

Marie holt sich einen Bleistift vom Kaminsims, schreibt das Tagesdatum, so klein sie kann, unterhalb des Lochs hin. Und jetzt noch das Kreuz. Marie geht zum Gasherd, greift sich vom Küchenregal die Streichholzschachtel, geht zum Küchentisch, holt den Sekundenkleber aus der Schublade, nimmt aus der Schachtel ein abgebranntes Hölzchen, bricht es in zwei ungleiche Teile, bestreicht sie mit Sekundenkleber und verbindet sie mit der Wand.

Marie passt auf, dass sie nicht selbst mit festklebt.

Vielleicht, denkt Marie, fange ich irgendwann einmal an, mit dem Loch zu reden, gerade weil es mich stört, weil es mich da so leer an der Wand stört. Vielleicht gebe ich dem Loch irgendwann einmal sogar einen Namen, vielleicht einen männlichen, vielleicht Arnd, damit ich dann sagen kann, darf ich vorstellen Arnd, Lenz, Herbert und Partner.

Marie schaut das Kreuz an, dann das Loch, das Leere. Das buchenfarbene Kreuz hat an einer Außenstelle einen schwarzen Fleck, ein verkohltes Ende. Immer noch kommt es ihr unästhetisch vor ohne Nagel, ohne Geschirrtuch, einer Funktion beraubt. Marie wünscht sich, sie könnte das leere Loch im Theater sehen, dort auf der Bühne, eine Vorstellung in drei Akten, in der es um das leere Loch geht, um Vorstellungen vom leeren Loch, dann, denkt Marie, bräuchte ich es nicht selbst zu erleben, nur da auf der Bühne ein Loch überstehen, genau wie dieses Loch.

Vom Kurs abkommen

Conny hält sich mit einer Hand am Türpfosten fest und schließt die Augen. Sie weiß, dass der Tag noch da ist. Nur kommt es ihr jetzt so vor, als wäre er nicht mehr da. Sie muss die Augen nur weiterhin geschlossen halten. Mehr Mühe will sie sich nicht geben. Mehr Aufwand ist sie nicht bereit zu betreiben. Vielleicht könnte sie den Tag noch geschickter verschwinden lassen, doch sie bevorzugt, es einfältig zu machen. Das Einfältige ist so naheliegend. Bei Kindern, denkt Conny, ist das Einfältige auch noch unterhaltsam. Wenn Luc versucht, sich zu verstecken, hält er einfach die Hand vor die Augen. Dieser kleine Sohnbatzen von Herbert macht das besonders schmuck. Und ich?

Doch, denkt Conny, die Augen einfach mit meinen Lidern abzudecken, lässt auch mir glaubhaft erscheinen, dass ich für den Tag nicht mehr zu sehen, nicht mehr zu finden bin. Mit meinen geschlossenen Lidern kann der Tag mir auch nicht plausibel machen, dass er noch da ist. Ich sehe ja nichts. Wie praktisch. Ich mache die Augen zu, und schon ist der Tag nicht mehr da.

Conny macht die Augen öfter zu, und schon sind viele Tage nicht mehr da.

Conny schlägt die Augen wieder auf, wegen des Geruchs, der ihr in die Nase steigt. Sie riecht etwas aus dem offenen Abfallkübel, der hinter dem Türpfosten in der Küche steht, aus dem weißen Emailleeimer, der Plastiktüte, Supermarktplastiktüte, mit der Conny erst die Lebensmittel herschleppt und nach dem Verzehr deren hinfällig gewordene Bekleidungen wieder hinaus.

Sind das jetzt die vollgesaugten Zewa-wisch-und-weg-Tücher, die so riechen?

Conny nimmt ihre Hand vom Türpfosten, dreht sich mit dem Rücken zum Abfalleimer. Bannt den Geruch. Lehnt die rechte Schulter gegen das weiß lackierte Holz des Türrahmens, damit der Geruch auch weiter gebannt bleibt, und der Geruch bleibt gebannt. Gut, denkt Conny, sehr gut, und soll ich jetzt die Augen wieder zumachen?

Conny hat sich diesen Tag so eingerichtet, dass sie keine Verpflichtungen hat. Sie wollte, dass etwas passiert, was nicht planbar ist. Unbedingt wollte sie diesen Tag von sich aus eine Richtung, eine Gestalt annehmen lassen. Das Unvorhersehbare, das Bezaubernde vom Unvorhersehbaren, das so einen großen Anteil am Unvorhersehbaren hat, sollte Platz haben.

Ganz bewusst hat sie sich deswegen nicht zum Schwimmengehen, nicht zum Im-Wald-Spaziergehen und auch nicht zum Brunchen mit Resa verabredet. Conny hat den Tag leer geräumt, so leer, wie Heuschrecken ein Feld leer räumen. Nur ein paar Lebensmittel und Alkohol für das Essen bei Marie wollte sie herschaffen und sich dann freuen. Nur noch freuen.

Conny kann sich auch freuen. Sie muss keinen Schlaf nachholen, wie sonst, wenn sie viele Nächte hintereinander im Hotel gearbeitet hat. Ihr steht es jetzt frei, sich zu verausgaben, da sie auch für die kommenden Nächte nicht eingeteilt ist. Und genau deshalb wollte sie jetzt auch offen sein. Ganz offen für das, was mit dieser vielen vor ihr stehenden Zeit passieren würde; was alles möglich ist.

Conny sieht nach, ob sich auf ihrem Pullover schon wieder neue Fusseln gebildet haben.

Connys Pullover fusselt immer nur an den Stellen, an denen die Jackeninnenseite gegen die Wolle reibt. Die Innenseite ihrer Jacke und die Wolle vertragen sich nicht, an manchen Stellen. Conny zupft und denkt, wäre jetzt auch noch schönes Wetter, wäre ich noch schlechter dran. Wäre jetzt auch noch schönes Wetter, hätte der Tag etwas noch Perfekteres, und ich dann immer noch nicht.

Das schlechte Wetter ist mir jetzt lieber. So kann ich wenigstens sagen: Bei diesem Moderlicht, das der Tag jetzt zur Schau stellt, kann er von mir nicht verlangen, dass ich gute Laune habe.

Conny erreicht mit dem Gesagten, vor sich Hingesagten nicht den Effekt, den sie erreichen will. Trotz ihres Vorwurfs fordert der Tag, fordert er einfach weiter etwas von Conny, fordert still, bleibt einfach ein unterschwelliger Forderer, der Conny ans Leder, ans Leben will.

Conny rutscht am Türpfosten nach unten, bleibt auf der Türschwelle sitzen und denkt, sollen doch andere zu diesem Tag ein freundschaftliches Verhältnis aufbauen, ich muss mich deshalb doch nicht auch noch um ihn bemühen. Ich muss doch nicht bei allen Tagen mit zum Vorschein kommen.

Conny stellt sich vor, wie Menschen, die Spinnen oder Usambaraveilchen nicht ausstehen können, reihenweise in Ohnmacht fallen, wenn bei ihnen plötzlich Hunderte von Spinnen oder Usambaraveilchen auftauchen. Conny macht die Augen zu und stellt sich Hunderte von solchen Tagen vor. Conny fällt seitlich auf den Boden und hört auf zu atmen. Wenn es mir jetzt gelingt, durch Luftanhalten in Ohnmacht zu fallen, dann findet mich hier niemand und ich verrecke, denkt Conny.

Conny macht die Lungen und die Augen wieder auf und bringt ihren Oberkörper zurück in die Vertikale.

Es ist auch besser, denkt Conny, wenn ich mich jetzt ein bisschen zusammenreiße, mich ein bisschen dem Tag gegenüber verpflichte. Wenn ich wenigstens versuche, den Tag noch ein bisschen in den Griff zu bekommen. Ich bin alt genug, ich muss so einen Tag doch steuern können. Ich fahre ja mit ihm dahin. Wenn der Tag vom Kurs abgekommen ist, muss ich halt den Kurs wieder korrigieren. Man nimmt einfach das Steuer in die Hand, schaut auf dem – wie heißt das gleich –, wie viel Grad man vom richtigen Kurs entfernt ist, reißt das Steuer herum, bis die Gradzahlen wieder stimmen, die Koordinaten wieder richtig liegen, die richtige Linie haben. Und genau so brauche ich jetzt nur noch das Steuer herumzureißen, und schon kann auch aus diesem Tag noch ein ankommender Tag werden. So, wie ein Schiff durch den Kursverlust vielleicht zu einem verspäteten Schiff, aber trotzdem zu einem ankommenden Schiff wird, so wird dieser Tag jetzt halt ein verspäteter Tag, aber doch noch ein ankommender.

Conny streckt die Beine gegen die ihr im Flur gegenüberstehende, auseinanderfallende Umhängetasche, stupst sie ein bisschen an, testet, ob sie fällt, in die eine oder die andere Richtung fällt, und drückt die vom Pullover abgezupften Fussel in der Hand zu einem Knäuel zusammen. Die Tasche fällt, fällt in Richtung Wohnungstür. Conny steckt den Fusselknäuel in die Hosentasche, zu den anderen zusammengepressten Fusselknäueln, bedauert, dass die Tasche nicht Richtung Schlafzimmertür gefallen ist und dass es noch nicht spät genug ist, dass sie schon wieder ins Bett gehen könnte. Conny steht auf, richtet die Umhängetasche auf, holt die Fusselknäuel der letzten Tage aus der Hosentasche, wirft sie in den Abfallkübel, knotet die Plastiktüte an den Tragehenkeln zu, zieht sie aus dem Eimer, stellt sie vor die Wohnungstür, dabei fällt ihr ein, dass sie sich eine Tageszeitung kaufen könnte und den Tag mit den Tagesnachrichten, wie Körperverletzungen und Körperaufführungen, beginnen. Dann fällt ihr aber auch ein, dass das so viele machen und dass ihr das so vorkommen würde wie zur Arbeit zu gehen, und dann könnte sie ja gleich zur Arbeit gehen. Dann bräuchte sie gar nicht frei haben.

Conny denkt: Ich bräuchte eine größere Herausforderung. So wie das Schiff. Ein vom Kurs abgekommenes Schiff, wenn das nicht korrigiert wird, dann rennt das einfach auf den nächsten Felsen hin. Das wäre doch etwas.

Nur ist, selbst wenn ich jetzt nichts korrigiere, noch nicht einmal ein Fels in Sicht.

Es wird ja doch nicht besser

Herbert setzt sich zum Abkühlen, zum Ausdampfen in den Lieblingssessel seiner Mutter, spürt das feuchte Handtuch an den Pobacken, empfindet den klammen Druck als unangenehm, steht auf, denkt: Alleine die Vorstellung, jetzt eine Unterhose über die transpirierende, wegen dem heißen Duschen noch stark nachtranspirierende Haut zu ziehen, reicht mir schon, um damit nicht anfangen zu wollen.

Herbert schließt das Fenster, zieht das Handtuch von der Hüfte, wirft es auf das Bett, geht zum Koffer, überlegt, was er zum Anziehen auswählen soll, denkt, ich möchte etwas Schönes anziehen, auch wenn man das nachher dann als solches nicht erkennen kann, weder ich noch andere, und vor allem nicht mehr meine Tante. Er kramt nach einer frischen Unterhose, wählt das Geschenk, Weihnachtsgeschenk von Resa, das sie nach wie vor zum Lachen reizt, behält das blaue Strechtteil, mit dem Swell-Strechloch im Beutel, für eine markante Frontwölbung, in der einen Hand und geht mit der anderen seinen Kleiderstapel durch.

Ich kann mich nicht für oder gegen etwas entscheiden, denkt Herbert. Am liebsten wäre es mir, das, was ich vorhin anhatte, noch mal anzuziehen, dann wäre für mich die Umstellung nicht so groß, dann müsste ich nicht über die Kleidung in die festliche Stimmung kommen, hineinfinden, was dauern kann oder auch gar nicht klappen muss.

Das, was ich vorhin anhatte, habe ich aber schon seit Tagen an. Wäre das jetzt meiner Tante gegenüber zu rüde, zu unhöflich? Herbert geht zum Nachttischchen, nimmt das Handtuch vom Bett, damit das Federbett nicht dessen Nässe aufsaugt, wirft es zum Sessel hinüber, zieht die Unterhose am Gummibund auseinander, steigt hinein, zieht sie hoch, lässt sich auf der Bettkante nieder, langt nach seiner Armbanduhr, bindet die Uhr mit dem geflochtenen Band um, streckt seinen Unterarm aus, denkt an Resa, wie sie noch mal und noch mal zubeißen würde, in seinen Unterarm beißen würde, wenn er ihr den Unterarm so hinhalten würde. Er stellt sich ihre weichen Lippen, ihre schmalen, dünnen Lippen vor und ihre Zähne, die gerne einen Druck ausüben, einen einbrecherischen Druck auf seine Haut ausüben. Zähne, die einem nicht mehr zu unterbindenden Druck unterliegen und einen ganzen erwachsenen Körper dazu bringen, sich dem zu beugen, sich dem hinterherzuwerfen. Am Anfang hatte er einmal zu Resa gesagt, dass er noch nie jemanden mit so dünnen Lippen geküsst habe und dass er sich das gar nicht vorstellen könne, wie das gehen solle, dass das aber schon irgendwie gehen würde. Daraufhin hatte Resa ihn zum ersten Mal gebissen.

Fünf Uhr, denkt Resa. Piemont wollte um vier Uhr anrufen. Resa zieht eine Hose mit hoher Polyesterbeimischung an. Ihr Vorteil, sie fällt schön, ihr Nachteil, fasst sich nicht so gut an, falls seine Hand darauf landet, und darunter noch eine Strumpfhose? Falls es einmal so weit kommen wird, dass wir im Auto Sex haben, ist eine Hose und darunter noch eine Feinstrumpfhose nicht so praktisch, fast schon gemein, weil wegen der Strumpfhose. Aber so weit waren wir eh noch nicht. War er nicht. Und ich habe vergessen, Herbert zurückzurufen. Das werde ich jetzt noch schnell tun, hinter mich bringen, vor der Kremation, denkt Resa. Ich hoffe, dass Herberts Mutter nicht auch noch mit mir reden will.

Resa zieht ihre Stiefel aus, die schon an sie dran geschmiegt und gestriegelt waren, um sich für den Abend einzustimmen, geht ins Schlafzimmer, zieht ein Buch aus dem Regal und wirft es an die Wand, hebt es auf, wirft es wieder gegen die Wand und hört nicht mehr damit auf, hört immerhin vorübergehend nicht mehr damit auf.

Wenn ich besser zeichnen könnte, würde ich Piemonts Kopf, mit seinem Lächeln, das er mir so gerne zeigt, an die Wandstelle hinmalen, dort, wo das Buch aufprallt. Soll er doch eine Stirnprellung für die nächsten Jahre mit sich herumtragen. Oder noch besser eine Schwanzprellung, das würde ich noch hinkriegen, einen Schwanz aufzumalen. Ich weiß zwar noch nicht, wie seiner ausschaut, aber man kann ja auf das Schablonenhafte zurückgreifen, das liegt mir eh mehr, und ihm auch. Nichts Neues passiert, und jetzt passiert genau das wieder. Jetzt passiert wieder nichts Neues.

Ich rufe jetzt Jürgen an, frage, was er heute Abend vorhat und ob ich da auch mitkommen kann.

Ich rufe Jürgen jetzt lieber doch nicht an, sonst bekomme ich nur zu hören, dass er schon etwas vorhat, dass er mich nicht mitnehmen kann, mich da nicht mit reinorganisieren kann, oder nur, wie sich seine Mailbox einschaltet.

Ich rufe Jürgen doch an, weil, auch wenn es sich so verhält, ich dann immer auch noch jemand anderen anrufen kann, ich kann Conny anrufen.

Nein, Conny kann ich nicht anrufen, Conny ist auch bei der Beerdigung. Und es ist wahrscheinlich auch besser, wenn ich erst gar nicht damit anfange, Jürgen anzurufen, da ich, wenn ich nach ihm noch bei jemand anderem anrufe, auch zu hören bekommen könnte, dass diese Person schon etwas vorhat, oder nur das Anspringen der Mailbox.

Aber irgendjemanden wird es doch noch geben, der nicht auf einer Beerdigung ist und Zeit hat, ans Telefon zu gehen, oder sich Zeit nimmt, ans Telefon zu gehen. So jemanden wie mich!

Also rufe ich mich an, teile mich in zwei Teile und sage zu dem einen Teil du.

Resa seufzt.

All diese Aufregung, wegen des Geltungsdrangs des Herzens.

Und jetzt?

Ich werde jetzt das Buch aufheben und nachsehen, welches es erwischt hat.

Resa hebt das Buch auf, es sind die Denkbilder von Benjamin.

Es ist besser, wenn ich jetzt bestimmte Sachen nicht denke. Es gibt vieles, was ich jetzt besser nicht denken sollte, und was soll ich denn jetzt als Erstes besser nicht denken?

Dass ich Herbert am liebsten alles erzählen möchte, um von Herbert hören zu können: Gib mir sofort seine Telefonnummer, ich lasse ihn stürzen, weil du wirst das ja wieder nicht können. So, wie ich dich kenne, wirst du dich davon ja doch nur wieder herausgefordert fühlen, obwohl dich Piemont gerade schlecht behandelt hat.

Resa wischt das Buch ab, schaut nach, wie viele Ecken deswegen jetzt geknickt worden sind, und steckt das Buch zurück ins Regal.

Was ist das nur für eine Piemontkirsche, denkt Resa, belegt er seine Abende absichtlich doppelt, um sich dann spontan für das interessantere Angebot entscheiden zu können? Ist er einfach nicht ganz richtig im Kopf, wenn er sich die Tage, an denen er sich schon mit jemand anderem verabredet hat, nicht merken kann, oder ist Unverbindlichkeit jetzt eine neue Zeiterscheinung, entstanden durch die zur Verfügung stehenden Kommunikationsmittel, mit dem dadurch entstehenden Eintreten des Verlustes von traditionellen Werten wie Zuverlässigkeit?

Resa schraubt den Deckel der Klosterfraumelissengeistflasche ab. Sie kippt die Flasche über einem Schnapsglas aus den 70er-Jahren, das mit kleinen, bunten Kreisen beklebt ist, und denkt: So, ich werde jetzt mit mir auf mich und meine Werte anstoßen. Resa trinkt auf ex.

Resa nimmt die Flasche, will das Tempo verlangsamen, holt sich ein großes Bierglas, schüttet nun zu dem Klosterfraumelissengeist Orangensaft, so lange, bis der 0,5-Liter-Eichstrich, erfunden vom Eichgesetz, erreicht ist, holt sich das zuoberst aufliegende Geschirrtuch aus dem Küchenregal, dem Holz-in-Kombination-mit-Metall-Regal, das sie seit über acht Jahren anfeindet. Es musste aus einem Zwangskauf heraus geboren werden, denkt Resa, aus einem Zwangskauf mit meinen Eltern, aus einem Das-nimmst-jetzt-aber musste es in meine Küche hineingeboren werden. Als Resas Eltern abgereist waren, wollte sie es gleich abtreiben, noch in den ersten zwei Wochen sollte es den Hausflur hinunterstürzen, und falls es unten noch gezuckt hätte, hätte Resa dann gleich noch einige Hämmer hinterhergedonnert, aber dann hat Resa irgendwie die Frist verpasst. Und jetzt, denkt Resa, muss ich es verachten, seit acht Jahren muss ich das jetzt schon tun, seit fünf Jahren will ich es mit einem selbst gebastelten ersetzen, seit drei Jahren ist die Idee samt Bauanleitung fertig ausgearbeitet in meinem Kopf, jederzeit abrufbar. Auch jetzt. Es soll ein Regal werden mit verschiedenen auf Flohmärkten zusammengesammelten Tabletts, durch deren Ecken, die Nord-, Süd-, Ost-, Westecken, Metallseile laufen, welche an der Decke und am Boden befestigt werden, seit zwei Jahren habe ich es aufgegeben, die dafür notwendigen Bestandteile zu besorgen. Seit einem Jahr weiß ich, stelle ich fest, dass das Regal keine Chance hat zu altern, dass es zumindest nicht in dem Zeitraum verfallen wird, in dem ich verfalle. Seit einem Jahr weiß ich, es gehorcht anderen Verfallsregeln. Elterngefühlsverfallsregeln. Die, bevor ich verfalle, genauso wenig verfallen werden.

Resa legt sich ein kariertes Geschirrtuch längsseitenlässig, so wie ein Kellner, ein Oberkellner das tun würde, über den Unterarm, beide Seiten hängen perfekt gleichschenklig nach unten.

Resa schlurft mit dem Orangensaftklosterfraumelissengeistcocktail den Gang entlang, murmelt vor sich hin, *the same procedure as every year*, erreicht das Wohnzimmer, schaltet den Fernseher ein, bleibt bei dem Sender, dessen Bild sie als Erstes ästhetisch anspricht, dreht den Ton ab, erhöht den Kontrast und die Farben, setzt sich auf das Sofa, zieht die Beine hoch, stopft sich das Geschirrtuch in den Ausschnitt und fragt sich, ist das jetzt noch das Einläuten einer lang anhaltenden Romanze? Halt nur mit Schwierigkeiten, schließlich fand er mich so reizend, weil ich ihm Sachen sagen konnte, wie dass er so schwach ist, weil er sich immer nur den stärksten aufzutreibenden Reizen unterwirft, und dass er das macht, weil er es mit schwächeren Reizen nicht aushält. Und dass er es mit schwächeren Reizen nicht aushält, weil so wenig aus ihm selber kommt. Deswegen ist er auch bereit, unsere Verabredungen zu opfern, nur damit seine Unterwerfung, sein Ausgeliefertsein gegenüber den stärkeren Reizen auch weiterhin gewährleistet bleibt. Und das nützt mir jetzt gar nichts, denkt Resa, auch meine Worte waren für ihn nur ein Reiz.

Resa will weinen, es klappt nicht.

Resa denkt an seinen Satz, ihren Lieblingssatz: Wenn du ein Kind von mir willst, ist es in unserem Alter dann schon besser, nur, wenn dir das nichts ausmacht, wenn wir dann immer vormittags Sex haben, weil die dafür notwendigen Stoffe, Verkehrswechselstoffe da noch am frischesten sind.

Und nun, denkt Resa, Bildumschwung. Zur jetzigen, realen Situation. Ich hoffe, dass das Gefälle nun ausreichend ist, groß genug ist, um mich in Trauer kleiden zu können.

Das Gefälle ist groß genug, Resa kann sich in Trauer kleiden.

Tränen branden auf das Geschirrtuch.

(Familientrauertag.)

Kurz überlegt Resa, ob sie die Vorhänge zuziehen soll, sieht, dass in den Nachbarwohnungen nirgends Licht brennt, und lässt es bleiben. Haben die sich jetzt schon alle ins Bett verkrochen, weil ihnen, durch meine neu eingetroffenen emotionalen Austrauerwellen, schlagartig klar geworden ist, dass ihnen, wenn nicht heute, so doch dann in Zukunft auch noch Aussichtslosigkeiten, Interesselosigkeiten, Teilnahmslosigkeiten, Verschmähungen und Rohheiten bevorstehen?, fragt sich Resa.

Das Geschirrtuch färbt sich gleichmäßig an zwei Stellen dunkler. Resa ist unschlüssig, wie unkontrolliert sie es mit den Tränen jetzt machen soll. Beschließt, beim Mittelmaß zu bleiben.

Auf dem Bildschirm sieht Resa einen Hund, der sich freut, weil das Frauchen nach Hause gekommen ist. Er springt an ihr hoch.

Ich werde jetzt wieder damit anfangen, ihn zu vergessen, denkt Resa, sicherheitshalber. Dabei habe ich schon so viel *nur sicherheitshalber* in meinem Leben!

Resa kann nicht widerstehen, holt das Mobiltelefon, löst die Tastensperre und schickt Conny die SMS: Piemont hat abgesagt.

Conny antwortet: Sei froh, du kommst noch in Situationen, wo dir jemand absagen kann.

Resa sieht auf dem Bildschirm die Frau von vorhin in einem Badezimmer stehen und einen Blick in den Medizinschrank werfen.

Resa greift nach der Fernsehzeitung.

Resa fängt an, anstelle von Blütenblättern im letzten Drittel der Fernsehzeitung die Ecken abzureißen. Zur ersten Ecke in der Hand sagt sie: Ich fange jetzt mit einer Abschiebung an, einer Aus-dem-Kopf-Abschiebung.

Beim Abtrennen der nächsten Ecke denkt Resa, ich rufe ihn an und sage ihm: Ich will dich sehen.

Resa reißt die nächste Ecke aus dem Blatt, hält sie zwischen Daumen und Zeigefinger und sagt zu ihr: Du beginnst jetzt das Ausläuten aus einer Verfangenheit mit von Anfang an schon verfahrenen Strukturen. Resa wirft die Ecke in die Luft.

Ich werde ihn gegen die Wand fahren lassen müssen.

Resa trinkt den Orangensaftklosterfraumelissengeistcocktail aus, sieht auf den Bildschirm, sieht dort ein leeres Schlafzimmer, schaltet den Fernseher ab, zieht das Geschirrtuch aus dem Ausschnitt und überlegt: zur Schmutzwäsche, in die Andenkenkiste, oder was jetzt?

2009
© mdv Mitteldeutscher Verlag GmbH, Halle (Saale)
www.mitteldeutscherverlag.de

Alle Rechte vorbehalten.

Gestaltung: behnelux gestaltung, Halle (Saale)

Gesamtherstellung: Mitteldeutscher Verlag, Halle (Saale)

ISBN 978-3-89812-600-7

Printed in the EU